생생, 기억을 내다

국립중앙도서관 출판시도서목록(CIP)

생생, 기척을 내다 : 노혜숙 수필집 / [노혜숙 지음]. --
[전주] : 신아출판사, 2013
    p. ;   cm

ISBN 978-89-98524-38-8 03810 : ₩12000

한국 현대 수필[韓國現代隨筆]

814.7-KDC5
895.745-DDC21   CIP2013002175

생생, 기적을 내다

노혜숙 수필집

수필과비평사

고지식한 삶의 고백

잔설 뒤덮인 숲속에서 꽃대를 밀어 올리는 복수초를 본 적이 있다. 태중의 아이처럼 녀석은 고개를 꺾은 채 언 땅을 치받으며 올라오고 있었다. 한 시절 피고 지는 풀꽃들에게도 삶은 죽을힘을 다해 살아내야 하는 것이었다. 그렇게 만나는 봄꽃들은 정말이지 눈부셨다.

《조르바의 춤》 이후 3년 만에 두 번째 책을 냈다. 세 번의 겨울을 또 보내는 동안 나는 저 산골짝의 꽃처럼 죽을힘을 다해 살았는지 반성했다. 글은 결코 삶을 앞서갈 수도 비켜갈 수도 없는 것. 다시 한 번 그간의 허접한 삶을 들켜야 할 것 같다.

담은 그릇은 투박해도 안의 내용물은 진짜이길 바랐다. 삶에 진실이라는 게 있다면 그것에 닿고 싶었다. 위악이든 위선이든 솔직하고 싶었다. 내 글이 구원일 수는 없으나 정직한 카타르시스일 수 있기를 바랐다. 바람은 간절했으나 제자리걸음을 면치 못하고 있음을 인정해야겠다. 문학의 대해로 흘러가는 길은 멀고 아득한데 욕심과 게으름이 앞을 가로막은 탓이다. 한 걸음의 성실함이 태산을 정복한다고 믿었던 당초의 우직함은 어디로 갔을까.

어떤 이의 말대로 모두가 다 에베레스트를 오를 수는 없을 것이다. 중요한 것은 나의 정상이다. 어떤 높이에 도달하든지 간에 내 본원적 그리움과 지향에 따른 나의 정상에 오르면 되는 것이다. 그 정상을 향해 내 보폭으로 우보천리牛步千里 하리라. 나의 수필은 거기 도달하기 위한 재주 없는 자의 고지식한 삶의 고백이다. 행여 그 정상에서는 나다움과 사람다움의 합수合水를 이루게 되지 않을까 꿈꿔본다.

2013년 새순 돋는 봄날
노혜숙

| 목차 |

제1부 생생, 기척을 내다

인연수첩 ● 12

완장 ● 17

생생, 기척을 내다 ● 21

풋울음 잡기 ● 25

통痛 ● 29

푸른 눈의 승냥이 ● 34

오래된 풍경 ● 38

짠지 ● 43

관계의 지문地紋 ● 47

마음을 편집하다 ● 50

슬픔의 역설 ● 53

제2부 구명돌

58 ● 그냥 살았슈

60 ● 이장移葬

62 ● 쓸모없음의 쓸모

64 ● 자화상

67 ● 익모초

69 ● 왜곡

71 ● 나무거울

73 ● 욕망의 계단

75 ● 안경

77 ● 명함

79 ● 구명돌

81 ● 에헤라 달구

제3부 바람의 변주곡

상만 씨의 끗발 • 84

소나기 • 87

바람의 변주곡 • 92

난외주欄外註 • 97

수탉에 관한 연구 • 100

어느 조화造花의 항변 • 104

벼랑 끝에 피는 꽃 • 108

딱총 소리 • 113

입석立席 • 117

착각 • 121

칠갑산 기행 • 125

제4부 떠나지 못하는 사람들

130 • 누구의 죄입니까?

135 • 의자왕 가라사대

139 • 떠나지 못하는 사람들

143 • 소금꽃장수

147 • 악의 평범성에 대한 경고

152 • 어느 식물인간의 눈빛에 부쳐

156 • 강남에 살으리랏다

159 • 불씨

163 • 어느 편이냐고 묻는다면

167 • 가시

171 • 두 얼굴

제5부 길에서 길을 묻다

나를 잃어버린 자의 노래 • 176

엉터리사진가 • 180

겨울 사과나무 • 184

無心죄 • 188

동행 • 192

한 박자의 여유 • 196

덤 • 199

거미 • 204

불청객 • 208

야생초 이야기 • 211

길에서 길을 묻다 • 215

1부 생생, 기척을 내다

인연수첩

완장

생생, 기척을 내다

풋울음 잡기

통痛

푸른 눈의 승냥이

오래된 풍경

짠지

관계의 지문地紋

마음을 편집하다

슬픔의 역설

인연수첩

食의 연

밥의 힘은 위대하다. 연緣의 시종始終을 주관하기도 하고 종일 주저
앉았던 마음을 일으켜 세우기도 한다. 어떤 위로가 밥의 진솔함을 앞
설 수 있겠는가. "밥을 잘 먹어야 산다." 노모가 내게 주문처럼 외는
말이다. 사람의 안팎을 아울러 지탱하는 것이 밥이라는 걸 아신 게
다. 살[肉]→살[生]→쌀. 먹어서 '살[肉]'이 되고, 그 살 때문에 사람이 살
[生]고, 그래서 '살'이 '쌀'이 되었다는 쌀의 어원은 의미심장하다. 밥은
몸의 한가운데를 관통하며 흘러들어간다. 밥에는 말의 매끄러운 위
장이 없다. 단순하고 우직하게 주인을 돌보고 생색을 내지 않는다.
밥의 힘을 빌지 않은 정신은 빈껍데기다. 사실 생의 대부분이 밥을
위한 노동에서 자유롭지 못하고, 그 노동의 절반이 또한 굴욕과 상처

속에 이루어진다. 밥벌이의 수단을 통해 사람의 가치가 매겨지고 혹은, 지배와 피지배의 명암이 엇갈린다. 밥을 먹는다는 것은 단순히 생물학적 필요조건이 아니라, 생존의 쟁투에서 살아남기 위한 절박한 행위인 것이다. 밥은 불가항력의 권력으로 삶의 중심에 있다. 말랑하고 따뜻한 밥알의 본질은 이렇듯 엄혹하다. 그 엄혹한 '밥힘'으로 정신의 뼈대가 선다. 건강한 '밥힘'을 업신여기고 오래 버틴 사람을 보지 못하였다. 한 그릇 '밥힘'으로 어지럽던 정신을 되찾은 저녁, '밥힘'이 '밥모심'이 되어야 하는 까닭을 새삼 깨우친다.

文의 연

노모가 근심을 한다. "골 빠진다. 글 쓰지 마라. 밥이 되는 일도 아닌데." 노모에겐 밥이 되지 않는 일은 헛것이다. 밥을 절대의 가치로 알고 살아오신 노모에게 써먹지 못 하는 것의 효용성을 납득시킬 방법이 내겐 없다. 눈물 젖은 밥을 먹어본 적은 없으나 조촐함에도 구차와 비천의 대가는 있음을 안다. 하여, 밥이 생존을 책임지듯이 문학은 존재를 충만하게 한다는 사실을 말할 수 있을 뿐이다. 그 답이 밥만큼 구체적이지 않다는 것을 안다. 또 그 답을 글로 증명해보일 만큼 나의 재능이 탁월한 것도 아니다. 남다른 소명의식이 있는 것도 아니어서 어쩌면 평생 제 안의 푸닥거리로 끝날지 모를 일이다. 들에 저 홀로 피고 지는 꽃처럼 혼자놀이에 지나지 않을지라도 굳이 안타까울 이유는 없다. 거창한 이름은 차라리 올무다. 지금의 소박한 자유와 혼미한 어둠을 거슬러 나다움과 사람다움의 합수를 찾아가는 여정을 나는 사랑한다. 그 외로운 여정 속에 문학의 연緣은 내게 세상을 향한 소통의 창이다. 그것은 구원을 보장하지 않지만 삶의 진창을 견디고 위무하고 연민으로 하나 되게 한다. 밥이 존재의 외면을 향해 뻗어가는 힘이라면 문학은 존재의 내면을 향한 끊임없는 성찰의 힘이다. 밥과 문학이 수직의 관계가 아니라 수평의 관계가 될 때 세상은 훨씬 살만해질 거라고 믿는다면 너무 낭만적인가.

物의 연

불을 끈다. 달빛이 비쳐든다. 습도 없이 맑은 음력 열나흘 밤의 달빛은 차분하다. 어둠의 완고함을 물리치고 검정과 하양이 적당히 뒤섞여진 편안함이 있다. 비로소 달빛에 깃들어 안식하는 방 안 사물들의 모습이 눈에 들어온다. 빛의 농도에 따른 그것들의 이미지는 사뭇 다르게 느껴진다. 형광등 불빛 아래 개별적으로 도드라지던 물건들은 날카로운 모서리를 지우고 다소곳이 풍경처럼 어우러져 있다. 마치 사물 이상의 의미를 지니고 또 다른 세상을 형성하며 거기 굳건하게 존재했었던 것처럼. 주인의 무관심 속에 그들은 철저히 소외되어 있었다. 내게 소용되는 사물 그 이상도 이하도 아니었다. 그러나 그것들이 내 의식 안으로 들어온 순간, 내 삶을 형성하고 지배하는 사물들의 구체적인 의미와 연緣에 대한 자각은 눈물겨웠다. 궁색한 주인의 배경이 되어 묵묵히 닳아지고 있는 물건들. 그것들은 사물이 아니라 내 일신의 소중한 일부였다. 가까이 멀리, 눈멀고 귀먹어 보지 못하고 듣지 못하는 것들은 또 얼마나 많았을까. 의식의 빗장이 열린 느낌이다. 아이러니하게도 불을 끈 어둠 속에서.

默의 연

늦가을 산사는 적막하다. 그 적막 속에 깊어지는 것들이 있다. 학승의 눈빛, 모과의 향, 산수유의 붉은 빛. 담쟁이로 둘러싸인 돌담을 따라 극락전이 있는 연못가에 이른다. 수초 사이를 헤엄치던 물고기들의 움직임이 부산해진다. 한바탕 흙탕물이 일더니 녀석들의 종적이 묘연하다. 도랑물 소리가 새의 지저귐처럼 수다스럽다. 산에서 내려오는 물을 반달홈통으로 연결해 연못에 대고 있다. 한 노승이 그 옆에 쭈그리고 앉아 떨어지는 물을 내려다보고 있다. 기척을 내어도 미동이 없다. 빛바랜 장삼 위로 붉은 감나무 잎 하나 내려앉는다. 조심스레 그쪽으로 발걸음을 옮긴다. 옆에 같이 쭈그려 앉아 그가 하는 대로 따라 해볼까. 그래도 실없다 눈치를 주지 않을 것 같다. 나는 더 이상 다가가지 못하고 애먼 담쟁이를 향해 카메라 렌즈를 들이댄다. 그제야 노승이 고개를 들어 나를 본다. 평담한 눈빛에 늙은 감나무처럼 자연스러운 얼굴. 누가 먼저랄 것 없이 고개를 숙여 인사를 한다. 서로 시선을 비키지 않은 채 침묵이 흐른다. 노승의 눈빛에 온기가 스친다. 마침내 자리에서 일어나 극락전을 향해 걸어간다. 휘이휘이 바람처럼 가벼운 몸짓이다. 단번에 사람이 그냥 사람으로 보일 때가 있다. 그 사람의 전체가 있는 그대로 풍경처럼 내 안에 스민다. 원형질적인 순수의 상호작용, 시공과 성별과 언어를 초월한 감성의 합일. 그 연緣의 흔적은 투명하지만 강렬하다. 노승은 자취 없이 사라지고, 절문에 걸린 풍경만 혼자 흥겹다.

연=빚債

산다는 건 어쩌면 세상 모든 연緣에 빚을 지는 일인지 모른다. 그렇다면 잘 산다는 건 그 빚을 갚아가는 일쯤 될까. 인연수첩 속에 남겨진 다양한 흔적들을 추적하다 문득, 궁금해진다. 지금 나는 누구의 연이 되어 그려지고 있을까?

완장

나는 일찍부터 어린 동생들을 부려먹었다. 들에 나간 부모님은 저물녘에야 돌아왔고 그동안의 집안일은 맏이인 내가 알아서 했다. 방학이면 집안 청소는 물론 쇠죽을 끓이고 밥 짓는 일까지 해야 했다. 열세 살 아이가 감당하기엔 버거운 일들이었다.

막내 남동생에겐 쇠죽솥에 불 때는 일을 시켰고, 바로 아래 여동생에겐 대청마루 닦는 일을 시켰다. 나는 저녁쌀을 씻어 안치는 일을 맡았다. 깜냥으론 일의 경중에 따른 분배였는데 동생들은 무척이나 억울한 표정이었다. 밥을 안치는 일은 물대중이 까다롭다는 것 말고는 그리 큰 힘이 들어 보이지 않기 때문이었다. 쇠죽을 끓이는 일은 단순했으나 김이 오르기 시작해서 여물이 흠씬 익을 때까지 불을 때는 일은 시간이 오래 걸렸다.

대청마루를 닦는 일은 그중 만만치 않았다. 열한 살이던 여동생은 은근히 꾀가 많고 당찬 성격을 지니고 있었다. 물기가 덜 빠진 걸레를 쭉쭉 밀고 몇 번 왔다 갔다 하는 걸로 청소를 끝냈다. 건성건성 하다 보니 물기가 마르고 나면 얼룩이 남았다. 나는 걸레를 빨아 던져주며 땟물 자국이 없어질 때까지 다시 닦으라고 명령했다. 동생은 들은 체 만 체 뭉긋거렸고, 나는 제대로 일을 마칠 때까지 보초를 섰다.

여름방학이 끝나갈 무렵이었다. 얼렁뚱땅 청소를 끝낸 동생을 나무라며 다시 닦으라고 하자 못 하겠다며 앙살을 했다. 삼세번의 기회를 주었지만 꿈쩍도 하지 않았다. 나는 들고 있던 마당비로 동생의 등짝을 후려쳤다. 동생은 얼굴이 시뻘개져서 대들었다. 내가 재차 빗자루를 치켜 든 순간, 갑자기 동생이 시렁에 있던 쥐약봉지를 집어 들었다. "죽어버릴 테야!" 소리를 지르며 봉지를 뜯는 시늉을 했다. 머리끝이 쭈뼛 섰다. 동생의 팔을 휘어잡고 약봉지를 빼앗아 던졌다. 동생은 땅바닥을 구르며 악을 쓰고 울었다.

지금 생각해도 가슴이 철렁해지는 일이었다. 동생의 맹랑하고 대담한 행동은 언니의 부당한 권력에 대한 본능적인 저항이었을 것이다. 그 사건은 확실하게 사태를 역전시켰다. 그날 이후 나는 다시는 동생들에게 손찌검을 하지 않았다. 여동생은 설렁설렁 비질만 했고, 대청마루를 닦는 일은 오롯이 내 몫이 되었다.

얼마 전 중년이 된 여동생과 뮤지컬을 보러 갔다. 결혼을 하고 중년이 되도록 둘이 만나는 일은 처음이었다. 은근히 마음이 설레었다. 내심으론 손을 꼭 잡고 다정하게 걷고 싶었으나 왠지 그러질 못했다. 살붙이에 대한 애틋함이 이런 거구나 싶으면서도 행동은 데면데면, 맨송맨송해서 안타까웠다. 우리는 더 이상 그 옛날 한 이부자리 속에서 치고받고 싸우던 어린 자매가 아니었다. 결벽주의에 완벽주의자였던 나는 삶의 수많은 굽이를 돌아 두루뭉술하게 타협할 줄 아는 중년이었고, 동생은 억척스러운 기질대로 삶의 기반을 탄탄하게 갖춘 당당한 아줌마였다.

알 수 없는 일이었다. 일식집에 앉아 품위 있는 식사를 즐기면서도 마음은 내내 생선 한 토막을 놓고 다투던 그때를 더듬고 있었다. 눈을 흘기며 대들던 동생이 그리웠다. 그땐 자매지간의 시샘이 있었으나 솔직했고 벽이 없었다. 동생은 깍듯한 대접에 뭐든 나를 먼저 배려했다. 감칠맛 도는 생선살을 배터지게 집어먹으며 주고받은 일상의 말들도 왠지 허전했다. 끝내 손 한 번 잡지 못한 채 헤어져 돌아오면서 가슴 한쪽이 시렸다.

동생은 아마 그때 일을 까맣게 잊고 있을지 모른다. 용서를 빌고 싶은 적도 있었지만 공연히 상처만 덧나게 할까봐 두려웠다. 내게도 무참하게 맏이의 위세를 꺾인 당시의 기억은 가볍지 않은 상처였다. 내 안의 폭력성과 맏이로서의 체질적인 권위의식을 인정하는 일도 그렇거니와 영 멋쩍을 고백의 과정은 적잖이 용기가 필요했다. 맞은 자는 오금을 펴고 자고 때린 자는 오그리고 잔다던가. 난 여전히 그 때 일로 한구석 심정의 지기를 펴지 못 하고 있었다.

아버지는 형제우애가 맏이의 본에 달려 있다고 가르쳤다. 그 본이 행동을 의미한다는 것을 깨닫기엔 너무 어린 나이였을까. 나는 본을 보이는 일보다 가르치고 다스리는 일을 먼저 배웠다. 게다가 집안의 위계질서는 분명했고 그 덕에 동생들은 어려서부터 완고한 맏이의 간섭과 닦달을 받아야 했다.

지금은 맏이의 역할을 요구하지 않을뿐더러 맏이의 권위가 통하는 세상도 아니다. 그럼에도 내 잠재의식 속엔 맏이의 책임의식이 강하게 남아 있다. 어쩌면 동생에 대한 내 안의 저 뿌리 깊은 죄의식도 완장뿐이었던 맏이의 콤플렉스는 아닐는지.

생생, 기척을 내다

기척 하나

장흥長興으로 가는 길은 멀었다. 유치면有治面의 골짜기들은 그보다 더 멀고 깊었다. 태백산맥의 웅장하고 호쾌한 산세 속에 인간의 길들은 초라했다. 헐떡거리며 겨우 산으로 기어들고 있었다. 길을 에워싼 숲은 강성했다. 억세고 거친 푸름 속에서 내뿜는 숲의 냄새는 비리고 달았다. 어둑시근하고 서늘한 숲은 안쪽에 가파른 벼랑을 숨긴 채 적막했다. 가로 지름을 허락하지 않는 산길은 산세를 따라 요동치고 굽이치듯 흘러갔다. 안간힘을 다해 골짜기로 파고들던 길은 마침내 두 채의 인가 앞에서 꼬리를 감추었다. 박모의 심심산골에서 인간의 기척을 만나는 일은 눈물겨웠다. 나무에 묶인 개가 혼자 빈 집을 지키고 있었다. 개는 순해터지게 우두커니 서서 꼬리만 흔들었다. 마당가의 백일홍은 저 홀로 농염하고 장마통에 웃자란 풀은 꽃나무 밑을 치받쳐 오르고 있었다. 건너편 집 창문에서 흐린 불빛이 새어나왔다. 거기 사람이 살고 있다는 사실만으로도 골짜기는 넉넉히 아늑했다. 문득 사람이 없는 풍경이란 얼마나 쓸쓸한 것인가 싶었다. 부대끼며 상처를 주고받으면서도 인간의 마을에서 떠나지 못하는 이유가 거기 있으리라. 사람과 사람 사이의 온기, 그것은 어쩌면 서로를 의지한 채 가파른 벼랑을 견디는 나무들의 생존의지 같은 것이 아닐는지. 나는 인가가 있는 마을로 내려와서야 비로소 평안했다.

기척 둘

장흥 재래시장에 토요 장이 섰다. 초대가수와 반라의 무희들이 노래와 춤으로 한껏 사람들의 흥을 돋우었다. 주민들의 노래자랑도 질펀하게 이어졌다. 삼십 대쯤으로 보이는 한 남자가 무대 아래서 춤을 추었다. 노래가 끝나도 춤을 멈추지 않았다. 열기로 달아오른 얼굴은 불콰했다. 무아의 지경을 헤매는 듯 초점이 없는 눈을 하고 있었다. 썩 잘 추는 춤은 아니었으나 못 추는 춤도 아니었다. 사람들은 두 푼쯤 모자라는 그를 장흥의 명물이라고 불렀다. 장이 서는 날 사람들은 여지없이 무대 아래서 그 남자를 볼 수 있었다. 벌어진 판인 데다 저좋아 하는 짓이니 굳이 흉 될 일도 아니었다. 그의 춤은 나날이 발전해서 주변에선 꽤 알아주는 명물이 되었다. 장터 사람들은 따끈한 한

끼 밥과 술로 그를 대접했고, 남자도 그 이상 바라지 않는다고 했다. 춤을 추는 남자의 얼굴은 무구해 보였다. 한판 춤에 한 끼 밥과 한 잔 술로 행복할 수 있는 사람. 다소 모자라 보이긴 했으나 행복지수는 결코 모자라 보이지 않았다. 사람들은 나를 그 남자보다는 멀쩡한 사람으로 구별할 것이다. 멀쩡하기 때문에 나는 더 행복했던가. 오히려 그 멀쩡함으로 타인을 판단하거나 나를 옭아매어 불행하게 하지는 않았던가. 나를 이롭게 하지 못하고 타인에게 덕이 되지도 못하는 멀쩡함이 두 푼 모자람보다 나은 게 무엇인가? 낯선 여행지에서는 내가 더 선명하게 들여다보인다.

기척 셋

용케 하루를 비켜 간 장맛비가 오늘은 드디어 손님맞이를 제대로 할 모양이었다. 새벽부터 텔레비전에서는 연신 장마 전선이 남하했다는 소식을 내보냈다. 금방이라도 비가 쏟아질 듯 하늘은 어두컴컴했고, 습기를 머금은 대기는 축축하고 후텁지근했다. 장흥의 가지산迦智山 보림사寶林寺로 가는 길은 한적했다. 한참 만에 타이탄 트럭과 낡은 승용차가 지나갔을 뿐이었다. 풀숲에선 찌르레기소리가 요란했고, 도로 옆 불어난 개울물은 물풀들을 쓰러뜨리며 소리 내어 흘렀다. 골짜기에서 피어오른 물안개는 능선을 타고 온 산으로 번져갔다. 빗방울이 떨어지기 시작했다. 바람이 거세게 불고 빗줄기는 이내 장대

비가 되어 쏟아졌다. 물은 금세 도랑을 이루고 흘렀다. 운동화에 물이 스미고 바짓가랑이가 젖어들었지만 숙소로 돌아갈 생각은 하지 않았다. 젖은 신발 안에서 물이 찔꺽거렸다. 아예 신발을 벗어들었다. 아스팔트의 단단한 질감과 함께 물의 차가운 기운이 발가락 사이로 스며들었다. 유쾌한 장력이었다. 직립보행의 생생한 실감이 온몸으로 전해졌다. 맨발의 가벼움이 온몸의 가벼움으로 연결되고 있었다. 발가락은 모처럼 원시의 활기를 되찾고 씩씩했다. 한 걸음씩 내디딜 때마다 일사불란하게 움직이는 관절들의 조화는 감격스러웠다. 맨발의 자유, 오랫동안 잃어버렸던 몸의 야생성 앞에 나는 한껏 쾌락했다. 포개진 산맥 아랫자락 농무 속에 보림사는 고요했다. 빗속을 뚫고 들려오는 목탁소리. 그보다 명징한 사람의 기척이 어디 있으랴. 정신의 불모를 일깨우는 소리, 그것으로 충분했다. 나는 산문을 들어서지 않고 보림사를 그냥 지나쳤다.

生生

산다는 것은 기척을 내는 일이다. 그렇다면 여행은 기척을 확장하는 일이리라. 낯선 곳에서의 기척은 헐겁고 신선하다. 골짜기의 불빛이나 장터의 명물, 보림사의 목탁소리도 모두 산 인간의 기척이 아니던가. 떠나는 일은 나의 기척 위에 너의 기척을 포개는 일이다. 그렇게 生生, 살아 있음을 확인하는 일이다.

풋울음 잡기

온몸에 맷자국이 흡사 꽃처럼 흐드러지다. 나자마자 메로 맞고 담금질 당한 신세 같지 않게 기품이 있다. 세상에 무슨 팔자가 평생 두들겨 맞으며 노래를 불러야 한단 말이냐. 그렇게 터득한 득음 덕일까. 제대로 곰삭은 징의 울음이 깊은 골을 휘돌아 나오는 바람소리 같다.

시작부터 너무 꼼꼼하게 살피는 바람에 시간이 길어지고 있었다. 세 시간째 혹사당한 눈이 슬슬 꾀를 부리기 시작했다. 그러다보니 정작 이벤트가 열리고 있는 민속박물관 3층의 전시물 관람은 건성이었다. 대강대강 목례만 건넨 채 마무리를 서두르고 있는데 홀연 생뚱맞은 이름 하나가 발목을 붙들어 세웠다. '풋울음 잡기.' 그 뒤로는 징이 적잖은 세월의 무게를 내려놓고 좌정해 있었다. 그와 더불어 한 시절을 풍미했을 징채도 꾀죄죄한 몰골로 징에 기대어 있었다. 무슨 까닭으로 '풋울음 잡기'란 이름을 갖게 되었을까?

박물관에 다녀 온 후 나는 한동안 풋울음이라는 단어에 집착했다. 검색을 통해 '풋울음 잡기'가 징의 완성 단계 이전, 소리를 조율하는 과정임을 알게 되었다. 언어를 매개로 하는 기억의 재생은 엉뚱하게 비약적이었다. 풋울음이란 단어가 걸핏하면 눈물을 찍어내던 사춘기적 내 모습과 겹치면서 징은 더 이상 예사로운 눈인사로 지나칠 수 없는 악기가 되었다. 불현듯 망치질 아래 풋울음이 잡혀가는 과정을 눈으로 보고 싶었다. 수소문 끝에 안성에 있는 유기 공방을 찾아갔다.

섭씨 1300도의 도가니 속에서 징의 원재료인 구리와 주석이 하나로 섞이고 있었다. 불길은 맹렬했으나 불꽃의 중심은 투명하도록 맑고 고요해서 합일의 고통이라곤 찾아볼 수 없었다. 그야말로 무아지경을 연상케 하는 뜨거운 헌신이었다. 이윽고 혼절하듯 한몸이 된 쇳물을 쇠판에 올려놓고 '앞매꾼', '전매꾼', '센매꾼'이 번갈아 메로 두드려 도듬질을 했다. '방짜'란 의미 그대로 징은 후려쳐 만들어야 하는 악기였다. 불질과 담금질을 반복하며 천 번이 넘는 곰망치질을 해야 했다.

도듬질 후에는 냄질, 싸게질, 부질, 담금질, 트집잡기 등이 순차적으로 이어지는데, 특히 마지막에 풋울음을 조율하는 재울음잡기는 고도의 숙련된 기술을 필요로 하는 마무리 과정이었다. 그 과정은 예민하고 섬세해서 단 한 번의 망치질로도 구멍이 나거나 소리를 망칠 수 있기 때문에 잠시도 한눈을 팔아선 안 되었다. '가락의 판단자'라는 징소리의 고명한 훈장 뒤에는 그토록 지난한 내력이 숨어 있었던 것이다.

공방 주인의 안내로 뒤쪽에 있는 유기박물관엘 들렀다. 박물관은 공방을 처음 연 윗대 어른의 염원에 따라 그 자손들이 개관한 것이었다. 들어가면서 바로 단청걸이에 걸린 상사징을 보는 순간 가슴이 뛰었다. 얼른 봐도 단단한 맷집을 지닌 지름 두 자 너비의 대정大鉦은 수많은 동심원을 가슴에 품은 채 광휘로웠다.

경이로운 눈길로 대정의 몸체를 쓰다듬으며 인고의 극치를 달려왔을 그의 지난 시간들을 위무했다. 무릇 징은 정중앙을 쳐서 소리가 고루 퍼져나가게 해야 한다는 말을 들은 터였다. 숨을 가다듬고 조심스레 징의 한가운데를 쳤다. 부드럽고 묵직한 소리의 고즈넉한 여운이 가슴으로 밀물져 왔다. 단순한 가락에 얹힌 수많은 곡절의 깊이가 넉넉히 헤아려지는 듯싶었다. 과연, 뜨거운 불길과 망치질을 감당하며 쟁여 온 징의 장중한 소리는 '모든 소리를 감싸는 포용의 울음'이라 할 만했다.

풋울음을 우는 것이 비단 징뿐이겠는가. 우리네 삶도 어쩌면 굽이굽이 풋울음을 잡는 망치질의 연속인지 모른다. 지명의 고개를 넘는 동안 내 삶에도 제법 맷집이 생겼지만 아직 재울음의 언저리에도 미치지 못하고 있다. 돌아보건대 고통에 대한 성찰보다는 원망이 더 깊었다. 가풀막에서 자라는 나무가 처지를 비관하여 자라기를 포기했다는 말을 들은 적이 있던가. 어쩌면 나의 회한은 주어진 척박한 토양보다 그것을 넘어서려는 의지조차 갖지 않았던 무기력한 자신에 대한 것일 수 있다. 그 어느 것에도 뜨겁게 헌신한 적 없이 시늉만 하면서 언감생심 삶의 득음을 탐냈던 것일까.

울 테면 방짜 징처럼 제대로 울 일이다. 언제까지 사춘기적 풋울음을 울 참인가. 두들겨라. 두들기고 또 두들겨 패서 한번쯤 저 징의 깊디깊은 진짜 울음을 울어봐야 하지 않겠는가.

동痛

|

나는 통痛이라 한다. 시원은 인류 역사 시초로 거슬러 올라간다. 땅의 역사 이래 누구도 나를 비켜가지 못하였고 앞으로도 그러하리라. 나는 인간에게 불가피한 운명일 터이나 부정의 존재만은 아니다. 나는 인간에 대하여 굳이 선의적이거나 악의적이지 않다. 다만 나를 받아들이는 존재의 의지에 따라 다양하게 작용하는 성질을 지니고 있을 뿐. 어떤 이는 나를 밑거름 삼아 성장하고 어떤 이는 나로 인해 속수무책 거꾸러진다. 성인들의 한결같은 말씀에 따르면 나는 삶의 유용한 도구일지언정 장애물은 아니라 한다. 갓 태어난 아기에게도 나의 존재는 예외가 아니다. 그들이야말로 외롭기 그지없는 단독자로 첨예하게 나와 마주보는 처지라 해야 할 것이다. 어머니의 자궁을

빠져나오는 순간부터가 그들에겐 통의 시작이다. 세상 밖으로 나가서도 상황은 크게 다르지 않다. 오장육부에 이백여섯 개 뼈마디를 키우기 위해 수시로 용을 쓰지 않으면 안 된다. 괴성을 내지름과 동시에 낯빛은 팥죽색이 되고 온몸의 근육은 오징어 굽듯 뒤틀린다. 삼 주, 육 주, 삼 개월, 육 개월 주기마다 성장통은 극심해지고 그때마다 갓난아기는 잠을 설치며 울어댄다. 누구도 예외 없는 통과의례, 그 과정을 온전히 거치고서야 아기는 사람으로서의 꼴을 갖추어 간다. 질풍노도의 시기인 사춘기야말로 나와의 싸움에서 승패를 가르는 고비일 터다. 그 고비에서 숱한 인간들이 내 앞에 굴복하고 나락으로 떨어지는 것을 보았다. 만인에 대한 만인의 투쟁, 세상은 영락없는 전쟁터다. 나를 넘어 희망을 쟁취하기엔 세상은 너무 척박하고 인간은 나약하다. 더러 나를 넘어 자기 세계를 구축한 자들이 있었으나 쇠락의 통까지 극복한 자는 극소수였다. 통이 생의 무게를 들어 올리는 지렛대 같은 것이었음을 깨달았을 때는 이미 생의 종점에 도달해 있었다. 통痛에서 통通으로 나아간다는 것, 평생의 숙제일 터이나 숙고하건대 낙생어고樂生於苦는 여전히 명답이 아닐까 한다.

Ⅱ

그때 나는 지리산 일대를 여행 중이었다. 구례, 하동을 거쳐 청학동으로 가는 길이었다. 해인사에 들르게 된 건 그저 우연이었다. 길을 잘못 들어 헤매다 해가 떨어져 머물게 된 곳이었다. 그날 아침 인상적인 광경을 목도하지 않았더라면 해인사를 다시 떠올리는 일은 없었을 것이다. 늦가을 산사엔 진작 겨울이 와 있었고, 아침나절엔 코끝이 시릴 정도로 바람이 찼다. 대충 일별을 고하고 나오려는데 한 무리의 승려들이 일렬로 줄을 서서 대웅전으로 들어갔다. 몸가짐은 진중했고 표정은 엄숙했다. 누군가 염불과 함께 목탁을 쳤고 동시에 일제히 부처를 향해 절을 올리기 시작했다. 그것은 단지 의례적인 절차가 아니었다. 지극한 공경으로 바치는 오체투지의 헌신이었다. 단순한 호기심으로 지켜보던 나는 눈시울이 축축해졌다. 한없이 나약하면서도 자신을 바닥까지 낮추어 성찰할 수 있는 영성을 지닌 인간에 대한 뜨거운 연민이었다. 나는 누구인가, 어디로 와서 어디로 가는가, 존재의 화두를 붙잡고 오리무중을 헤매다 비로소 자신을 내려놓고 절대자에 귀의하는 모습이 비단 그들만의 일이겠는가. 그들이 믿는 대로라면 인생은 통痛이고 마침내 통通으로 가는 여정일 터였다. 받아들인 자에게 통은 더 이상 감당할 수 없는 적이 아니었다. 일 배 일 배 수도 없이 꿇어 엎드리던 그들의 무릎 아래 통은 이미 고분고분해져 있었다. 몸이 꿇어앉으면 마음도 따라 꿇어앉기 마련인가. 그들의 몸짓은 마침내 자기라는 속박에서조차 자유로워진 듯 가벼워 보였다. 그날 아침 내가 해인사에서 본 것은 바로 통을 극복해 낸 자들의 일체유심조가 피워낸 연화문자蓮花文字에 다름 아니었다.

Ⅲ

세상에 추상적인 통痛은 없다. 통은 야속할 정도로 현실적이다. 오랜 가뭄을 살아남기 위해 제 몸집을 절반으로 줄이는 선인장의 결단이 그렇고, 혹한의 겨울을 견디기 위해 일시적 죽음을 선택하는 나무들의 겨울나기가 그렇다. 운전기사까지 합세하여 6명의 남자들이 한 여성을 성적으로 난도질했다는 뉴스를 멀거니 앉아 봐야 하는 수모가 그렇고, 제 새끼의 때 이른 죽음을 목도하고도 살아남아 꺼이꺼이 바닥을 치는 것밖에 할 일이 없는 어미의 한이 그렇다. 그래도 봄에는 벚꽃이 흐드러질 것이고 너른 산밭엔 하얗게 씨감자가 뿌려질 것이다. 그래도 압구정은 사람들로 미어터질 것이고 명품 매장의 휘황한 불빛은 꺼지지 않을 것이다. 그리고 진부한 인생론의 한 구절은 말할 것이다. 그것이 인생이라고. 나는 그 진부한 인생론에 편승하여 그럭저럭 살아왔다. 어느 위인처럼 고결한 삶의 이유가 없더라도 살아 있는 게 좋았다. 생로병사 희로애락 오욕 속에서도 고산오지 팔천 살 먹은 강털 소나무처럼 삶의 애착은 질겼으니! 세상에 죽음의 통처럼 두려운 게 있으랴. 친정어머니의 갑작스러운 죽음을 통해 나는 죽음이 내 등짝에 바짝 붙어 있으며 예고 없이 삼켜질 수 있음을 실감했다. 통도 살아서의 일이고, 모순과 갈등도 살아서의 일이었다. 살아 있다는 건 그 모든 것을 상쇄할 만한 가치가 있고, 반전의 국면을 만들지 못한다 하더라도 산 자의 몫은 여전히 기쁘게 살아야 한다는 깨달음이 기꺼웠다. 죽음이 사람의 일이라면 통 또한 그렇지 않겠는가. 통즉불통通即不痛, 통과의 화해만이 얼음장을 뚫고 피는 복수초처럼 삶을 꽃피게 할 것이다.

푸른 눈의 승냥이

  시골은 해 떨어지면 이내 한밤중이다. 먼 인가의 불빛만 아슴아슴할 뿐 적막하기 그지없다. 덕분에 듣는 귀가 한결 섬세해진다. 철마다 숨탄것들의 소리가 다르다. 그중에 섣달그믐 산부엉이 울음소리는 주문처럼 유년의 추억들을 불러낸다.

  한겨울 빳빳하게 풀을 먹인 광목 이불깃은 찼다. 손은 좀체 녹지 않고 발은 시렸다. 발목을 껑충 기어올라온 낡은 엑스란 내복은 온기를 저장하지 못했다. 엎치락뒤치락 이불자락을 끌어당기며 동생과 실랑이를 벌였다. 이불은 펄럭거리며 바람을 일으켰고, 나는 눈알을 빼간다는 승냥이 흉내로 동생의 저항을 종결시켰다.

  이른 저녁을 먹은 날엔 밤참으로 동치미를 건져 먹었다. 살얼음이 떠있는 동치미에선 사이다 맛이 났다. 그런 밤엔 두 번씩 일어나 오줌을 누어야 했다. 어디선가 부엉이와 승냥이 울음소리가 들려왔다. 대청마루에 놓인 요강에 앉아 오줌을 누면서도 눈은 자꾸 대문 쪽으로 갔다. 밖은 칠흑같이 어두웠고 나무대문은 수상쩍게 삐걱거렸다. 정신은 말똥해지고 머리끝은 쭈뼛 섰다. 미처 아랫도리를 추어올리지도 못 한 채 방으로 뛰어 들어갔다. 문을 닫고 돌아서는 순간 뒷덜미를 잡아당기는 무섬증 때문에 앞으로 고꾸라졌다. 배를 눌린 동생은 소리를 지르고, 잠을 깬 엄마는 야단을 쳤다. 그래도 밤은 길었다.

　뒤척이다 겨우 든 잠 속에서 승냥이를 만나 쫓기는 꿈을 꾸었다. 승냥이는 재주를 열두 번이나 넘으면서 나를 홀렸다. 나는 도망도 못 가고 서서 울었다. 이상하게 소리는 나오지 않고 목은 조인 듯 숨이 막혔다. 눈에 푸른 불을 켠 승냥이가 달려드는 순간 비명을 지르며 꿈에서 깼다. 어슴푸레 날이 밝아오고 있었다. 부엌에선 타닥타닥 군불 지피는 소리가 났다. 나는 한 번도 승냥이를 본 적이 없었다. 녀석에 대해 내가 아는 것이라곤 밤이면 들려오던 청승맞은 울음소리가 전부였다. 그럼에도 승냥이는 생생하게 두려운 존재였다. 엄마는 내가 말썽을 부릴 때마다 승냥이가 잡아갈 거라고 겁을 주었다. 모두가 잠든 사이 몰래 문을 열고 들어와서 나만 잡아갈 수도 있다고 정색을 하고 말했었다. 어느 밤에는 방문에 비치는 용마루 그림자를 보고 밤새 떤 적도 있었다.

　이태 전 20년 만에 고향을 찾았을 때였다. 개울에서 같이 멱감던 소꿉친구가 마중을 나와 주었다. 알아볼 수 있는 건 무릎이 까지도록 오르내리던 뒷산뿐이었다. 소나무 숲 그림자가 시커멓던 고향 산길엔 넓은 도로가 나고 아파트가 들어섰다. 휑하게 뚫린 도로는 화려한 네온사인으로 번쩍거리고 질주하는 차량의 경적들로 요란했다. 우리 집이 있던 자리엔 원조감자탕집이 들어서 있었다. 뒤울안의 향나무 두 그루는 흔적도 없이 사라졌고 키다리국화 흐드러지던 꽃밭도 자취를 찾을 길이 없었다.

"지금도 겨울밤이면 승냥이가 우냐?"

"응? 어느 시절인데 승냥이를 찾아?"

"난 요즘도 이따금 승냥이 꿈을 꾸거든….."

수십 년 만에 고향을 찾아와 물어보는 말이 겨우 승냥이에 관한 것이라니, 친구는 황당한 표정으로 쳐다보았다. 나는 문고리가 손에 쩍쩍 붙게 춥던 겨울, 배탈이 나서 밤새 마당을 들락거리던 밤에 문틈으로 스쳤던 푸른빛을 잊을 수가 없다고, 그건 분명 승냥이의 눈빛이었다고 말하려다 그만두었다.

요즘은 겨울이 되어도 옛날처럼 춥지 않다. 이불은 말랑하고 종일 보일러가 돌아가는 실내는 내복을 입지 않아도 따뜻하다. 밤낮의 경계가 없어지고 야생의 소리가 사라진 집들에선 문명의 소음이 넘쳐난다. 밤은 더 이상 신비롭지 않고 아이들도 전설 같은 꿈을 꾸지 않는다. 세월이 흘러도 부엉이 울음소리에 이토록 마음이 끌리는 건 무한한 상상력으로 풍요로웠던 유년의 밤들을 오롯이 불러올 수 있기 때문이리라. 문득 허전하다. 긴 겨울밤, 겁 많은 아이의 잠을 설치게 만들었던 푸른 눈의 승냥이들은 모두 어디로 갔을까?

오래된 풍경

"풍경은 자기 안의 상처를 경유하면서 해석된다."라고 하던가. 그럴지도 모른다. 풍경 속에서 떠올리는 것들은 대개 자기 안의 익숙한 어떤 것들이다. 자라면서 독특하게 기호화된 정서들은 어떤 풍경과 접촉하면서 순간적으로 발화한다. 돌아오지 않는 것들일수록 흡인력은 강하고, 그렇게 재생되면서 추억은 굳건하게 내장되어가는 것일 게다.

갈매기다방

서해안의 작은 포구 한진에 가면 '갈매기다방'이란 곳이 있다. 낡은 살림집의 내부를 개조해 만든 1970년대식 다방이다. 시멘트 날바닥에 놓인 다섯 개의 탁자와 분홍 비닐 커버를 씌운 의자, 장식이라곤 없는 휑한 벽 그리고 나이를 분간할 수 없는 한 여자가 다방을 지키고 있다. "이 다방 생긴 지 삼십 년 됐대요." 여자는 묻지도 않은 말을 들려주며 석유스토브에 불을 붙인다. 긴 파마머리에 짧은 가죽반바지, 무릎까지 올라오는 부츠, 평범하지 않은 화장. 〈삼포가는 길〉에 나오는 국밥집 여자 백화가 겹쳐진다. 오래된 단편소설에나 나올법한 다방까지 흘러들어온 그녀의 순탄치 않았을 삶을 헤아린다. 텔레비전에선 신파 드라마가 재방송 중이고, 차 주문을 받는 여자의 말투는 오래 알고 지낸 사람처럼 허물이 없다. 다방이 아니라 이웃집에 마실 온 느낌이다. 하얀 사기잔에 내온 쌍화차가 꿀물처럼 달달하다. 손님이라야 뱃일을 마친 어부들이 십중팔구일 거고, 걸쭉하게 계란을 띄운 쌍화차만큼 허기를 달래주는 차도 없을 것이다. 반쯤 마시다 내려놓는다. 곰팡내와 함께 올라오던 지하다방의 쓴 커피 냄새는 오래도록 내 안에 남아 있던 젊은 날의 지문이다. 한 기억이 불러내는 애잔함은 낯선 포구의 옛날식 다방을 순식간에 정감 넘치는 풍경으로 각색시킨다. 여자는 다시 텔레비전에 시선을 박은 채 혼자 히히거리고, 희부연 유리창 너머론 12월의 마른 눈이 흩날리고 있다.

순덕할머니의 가을

순덕할머니는 내가 시골로 이사를 오면서 알게 된 이웃이다. 영감님은 진작 돌아가시고 가교리 산자락 외딴집에서 홀로 산다. 하나 있는 딸자식도 제 앞가림하고 살기 바빠 얼굴 본 지 오래다. 흙집은 주인을 따라 얼기설기한 수숫대가 삐져나올 만큼 쇠락했다. 안방에선 오래된 괘종시계가 뎅그렁뎅그렁 느리게 열두 시를 치고, 봉당에서 바장대던 햇살은 할머니의 꼬부라진 등을 어루만진다. 어쩌다 찾아오는 사람이라곤 건너 마을 사는 황가네 할머니뿐이다. 그나마 요즘은 관절통이 도져 마실 오는 횟수가 드문드문해졌다. 종일 말 한 자락 나눌 사람이 없으니 말 못하는 신세나 다를 바 없다. 벼농사는 접은 지 오래고, 텃밭을 가꾸는 일도 힘에 부쳐 올 농사가 마지막일 것 같다고 한숨을 쉰다. 수확이라야 마른고추 열 근 남짓, 마늘 예닐곱 접이 전부다. 그래도 면사무소에서 주는 정부미와 독거노인들에게 제공되는 반찬으로 이만큼 살 수 있다며 고마워한다. 할머니가 툇마루에 쪼그리고 앉아 명절에 쓸 고추꼭지를 딴다. 눅눅해진 고추꼭지를 따는 일은 생각처럼 쉽지 않다. 힘대로 잡아 떼다보면 꼭지 끝에 살점이 많이 묻어나간다. 꼭지만 똑 떨어지게 떼려면 끝을 바짝 쥐고 살짝 비틀어 잡아당겨야 한다. 손끝에 기운이 없으니 고추 한 소쿠리를 다듬는 것도 한나절 일거리다. 할머니는 혹시나 찾아올지 모를 자식을 위해 나박김치라도 담가야 한다고 말씀하신다. 벌써 수년째 얼굴도 안 비치는 자식이 야속하지 않느냐는 내 말에, "못 오는 그 심정은 오죽혈려…." 그러면서 물끄러미 동구 밖 신작로를 내다본다. 어릿어릿 흐린 눈에 물기가 돈다. 하루가 멀다 하고 전화를 거셨던 내

어머니의 마음이 저러했을 터다. 마당가 늙은 밤나무 쭈그렁밤송이 하나, 제풀에 툭 떨어진다.

웃음

한 장의 흑백사진에 시선이 박힌다. 사진작가 이형록의 〈우리 집〉이란 작품이다. 배경은 1950년대 면목동. 흙벽에 낸 바라지 창 사이로 한 아이가 해맑게 웃고 있다. 동글 넙데데하니 복스러운 얼굴이다. 호기심을 이기지 못하고 깨금발을 했을 아이의 무구한 눈빛이 사랑스럽다. 아마도 골목엔 동네 꼬맹이들의 지껄임이 왁자할 터다. 다부진 굴뚝이 수호신처럼 흙담집의 온기를 지킬 테고, 손끝 야문 아버지 그늘 아래 아이는 푸른 나무처럼 자라겠지. 연기에 검게 그을리고 갈라진 흙벽 위로 쏟아지는 햇살은 또 어찌 그리 자애로운가. 한참을 서서 아이의 얼굴을 바라보다 나도 모르게 웃고 있는 나를 본다. 비루한 삶의 풍경을 전복시키는 치유의 웃음, 살아 있는 벽화다. 새벽 군불을 때는 소리와 함께 문틈으로 스미던 청솔연기에 잠 깨어 나른하게 뒤척이던 어린 시절, 그때 내 웃음도 저리 환했을까. 문득 잃어버린 나의 웃음과, 더 이상 '즐거운 우리 집'을 노래하지 않는 고독한 개인들을 떠올린다. 60년 남짓한 세월의 눈부신 변화는 우리 마음의 황폐를 대가로 이루어진 것인지 모른다. 이 풍요한 물질문명의 시대에 사람들이 느끼는 마음의 가난은 잘 웃지 않는 얼굴로 드러난다.

아니, 웃음조차 상품화 되어버린 세상이다. 과연 웃음을 내어주고 우리가 얻은 것은 무엇일까. 더 이상 우리 집일 수 없는 이 시대 '우리'의 부재, 그것의 성찰에서 잃어버린 나의 웃음을 되찾을 수 있을까.

잃어버린 시간 속으로

오래된 풍경 속에서 내가 만나는 것은 결국 나의 흔적들이다. 잊힌 채 잠들어 있던 내 안의 기억들이다. '기억이 없으면 나도 없다.' 는 말은 결코 과장이 아니다. 낡은 풍경 속에서 풀려나온 기억의 한 끄트머리가 풍화된 추억을 재현해낼 때 나는 오롯이 잃어버린 시간과 재회한다. 회억의 정서란 다분히 낭만 일색이기 쉽지만 때론 외면하고 싶은 상처와의 화해의 대면이기도 하다. 굳이 기쁨이 아닌들 어떠랴. 나는 가끔 그 풍경들과 만나고 싶다. 그리고 마침내 그 풍경과 하나가 되어도 좋겠다.

짠지

노랗게 잘 삭았다. 냄새도 적당히 시금하다. 위쪽이 좁고 가운데가 불룩하며 아래쪽이 갸름하게 빠진 모양새로 보아 순 조선무다. 제대로 된 짠지를 만난 게 틀림없다.

초등학교 2학년 여름방학 때였다. 한밤중처럼 깊게 낮잠을 자고 나니 점심때가 기울어 있었다. 모처럼의 서울 외가댁 나들이가 고단했던 모양이었다. 버릇처럼 엄마를 찾았다. 사람의 기척은 없이 뒤울안 매미만 귀청 따갑게 울어댔다. 마루 한쪽엔 베 보자기 덮인 양은 쟁반이 놓여 있었다. 막사발에 담긴 밥 한 그릇과 짠지가 전부였다. 배가 고팠다. 생각 없이 한 숟가락을 떠 넣다 울컥 목이 메었다.

엄마를 찾아 나섰다. 개울가에서 빨래를 하고 있던 엄마를 발견했다. 장마 끝에 불어난 개울물이 콸콸 소리를 내며 흐르고 있었다. 나는 말없이 쪼그리고 앉아 땀에 젖은 엄마의 등을 바라보았다. 마침내 고개를 든 엄마와 눈이 마주쳤다. 순간 참았던 눈물이 쏟아졌다.

"무선 꿈이라도 꿨다냐?"

"아니…."

"그럼 잘 자고 왜 우누?"

"그냥…."

나는 끝내 짠지 하나뿐인 반찬에 서러워졌다는 이야기를 하지 않았다. 엄마도 더 이상 묻지 않았다. 그 후로도 나는 오랫동안 도시락 반찬으로 싸준 짠지를 먹고 자랐다.

어머니는 해마다 한아름 둘레의 오지항아리에 짠지를 담았다. 단단한 가을무를 소금으로만 짜게 절여 다섯 달 정도 그늘에 놔두면 노랗게 익었다. 잘 삭은 짠지를 나박나박 썰어 여러 번 헹군 다음 찬물에 담가 놓으면 노르스름한 물이 배어나왔다. 거기에 매운 고추와 실파를 잘게 썰어 띄우면 제법 맛이 났다. 또 길쭉하게 채를 친 것을 물기를 꼭 짜 기본양념에 고춧가루를 약간 넣고 조물조물 무치면 칼칼하고 개운한 짠지무침이 되었다.

김장은 떨어지고 장마에 마땅히 상에 올릴 반찬이 없을 때 '나 여 깄소.' 진가를 발휘하는 게 짠지였다. 찝찌름한 간 외엔 달리 아무 맛이 없는 것 같아도 짠지 한 개면 한 사발의 밥을 너끈히 비울 수 있었다. 맛보다 허기로 밥을 먹던 가난한 시절, 짠지는 수월하게 그리고 가장 돈을 적게 들여 배를 채울 수 있는 반찬이었다. 사실 근면하게 허리를 졸라매고 땅을 일구던 부모님의 삶 자체가 짠지였는지도 모른다.

읍내 장날 시장에 가면 나도 모르게 발길이 멈추는 곳이 있다. 짠지를 파는 할머니의 노점 앞이다. 입덧 난 새댁처럼 보기만 해도 군침이 돌았다. 사천 원에 두 개를 사면 열흘은 먹을 수 있었다. 찬 물말은 밥에 짠지를 건져 먹으며 어릴 적 툇마루에 차려져 있던 밥상을 떠올렸다. 달랑 짠지뿐이었던 초라한 밥상 앞에서 목이 메던 그때 나는 철이 들기 시작했는지 모른다.

어느 날 짠지를 사 들고 간 내게 어머니는 말했다.

"그렇잖아도 짠지만 멕여 키워서 마음이 짠해 죽겠는데 어쩌자고 여태 그딴걸 좋아한다냐?"

"엄마, 요즘은 이게 귀한 음식이에요. 난 고기반찬보다 좋은 걸."

"애두 별나긴. 그럼 올가을엔 좀 담아주랴?"

재작년 어머니가 돌아가시고 친정 식탁에는 짠지가 사라졌다. 반대로 나는 어릴 때 먹던 음식으로 돌아갔다. 짠지에 대한 집착에는 내 혀의 기억, 그 오랜 기억을 불러올리는 아릿한 정서가 있었다. 짠지처럼 짜게 살 수밖에 없었던 농투성이 부모님에 대한 애틋함 그리고 일찌감치 가난을 알아버린 아이에 대한 연민이었다.

장바구니를 연다. 검은 비닐봉지를 풀자 짠지의 잘 익은 냄새가 훅

코에 끼친다. 제 몸의 결기를 모조리 빼고 마침내 완숙에 이르러 나는 향기. 내 인생 이만큼 곰삭으려면 얼마나 호된 간에 절여져야 하는 걸까?

관계의 지문地紋

장마 무렵 수로의 물이 빠지면 두 길 깊이의 바닥 풍경이 고스란히 드러난다. 수로의 모래톱은 거칠다. 물풀과 나뭇가지에 생활 쓰레기까지 뒤섞여 있다. 거기서 걸러진 흙들은 좀 더 멀리 흘러 떠내려가 또 다른 형태의 고운 모래톱을 만든다. 물이 빠지고 거풍이라도 하듯 며칠 속을 드러낼라치면 그새 모래톱엔 풀이 돋는다. 가생이 웅덩이처럼 고인 물에는 소금쟁이가 알을 까고 노랑부리백로가 부리나케 들락거린다.

물결 문양이 잔잔히 새겨진 모래톱의 내력을 추적하는 일은 흥미롭다. 수로의 폭이나 깊이, 경사, 물의 양, 조도照度에 따라 물의 흐름은 달라지고 그에 따라 바닥에 그려지는 문양도 달라진다. 바닥의 무늬를 추적해서 그 하천의 환경과 변화를 알아내는 일이 용이한 것도 그 때문일 것이다. 그러니까 수로 바닥의 모래톱은 그가 맺고 있는 관계의 지문地紋인 셈이다.

얼굴은 무엇보다 명료한 관계의 지문일 것이다. 행복해 보이는 사람들의 얼굴에서 읽히는 풍경은 대체로 환하고 단순하다. 그 뒤에는 보통 순편한 유속과 알맞은 조도, 큰 기복 없는 삶을 받쳐주는 관계들이 있다.

사진 속 남편의 얼굴을 들여다본다. 생존 전쟁을 치른 노병의 피로가 역력하다. 구석구석 삶의 급물살로 파인 지문들이 깊다. 밥을 위해 수시로 내놓았을 목은 진작 풀기가 빠져 굽은 지 오래다. 황소처럼 큰 눈가의 습기와 그늘은 안살림의 조도를 제대로 조율치 못한 나의 미욱함 탓일 게다.

유속과 퇴적의 지문이 불가분의 관계인 것처럼 부부의 지문은 대체로 유사하다. 즉 지문의 안과 겉은 한 쌍인 것이다. 사람들은 종종 나와 남편의 지문이 상이하다고 말한다. 흔히 의리처럼 닮아 있어야 할 가족 간의 공통지문조차 감지되지 않는다고 노골적으로 고개를 갸웃거린다. 그 대목에서 나는 은근히 저항할 수 없는 불편함을 느끼곤 한다. 내가 남편과 전혀 다른 지문을 가졌다면 그것은 필경 가짜일지 모른다는 생각 때문이다. 안팎이 같은 지문을 지니기엔 아직 갈 길이 멀다는 의미일까.

사람과 그가 다독이는 땅의 지문은 더 순전하다. 수로 옆 콩밭이랑은 영락없이 주인을 닮았다. 할머니의 굽은 등과 이랑의 구불구불한 선은 지극히 우애롭다. 노상 자글대는 햇볕에 그을린 할머니 낯빛 역시 호미 자루 끝에 뒤집어지는 흙빛보다 검다. 자랄 새 없이 김을 맨 밭고랑은 말끔하게 쓸린 고샅길처럼 훤하다. 지문은 정직하게 상대적이어서 공 들인 시간만큼 풍성한 소출을 낸다. 할머니의 콩밭이 우쭐우쭐 품을 늘리다 가을이면 제일 먼저 콩꼬투리를 터트리는 것도 우연은 아니다.

세상에 지문을 가지지 않은 관계는 없다. 그것을 척도로 삶의 성공 여부를 측정하는 일 또한 부당하지 않으리라. 수로의 모래톱을 보면서 진짜 관계의 지문은 물밑에 있음을 깨닫는다. 상류의 모래톱이 온갖 불순물을 끌어안은 채 거칠다면 이것저것이 걸러진 하류 쪽 모래톱은 문양이 곱고 경사도 가파르지 않다. 제법 자연스러운 형태를 갖춘 모래톱을 지니는 일은 그처럼 흐르는 시간이 필요한 일인지 모른다. 누구도 그런 상류의 거친 시간 없이 대하로 흘러가기는 어렵다는 것을 깨우쳐주는 듯싶다.

살다 보면 어쩔 수 없이 내 안의 척박한 바닥을 드러내 보일 때가 있을 것이다. 비로소 물 밑에 오래도록 숨겨 온 내면의 모래톱이 드러나는 순간일 테다. 그때 관계의 지문을 고스란히 드러낼 모래톱은 내가 살아온 길과 살아갈 길을 제대로 확인하게 해 줄 것이다. 필경 좁은 지류 안에 머물러 인생의 역작을 만들지 못했을 게 틀림없지만 그런들 어쩌리. 생의 물기가 마를 때까지 그저 유장히 흘러갈밖에.

마음을 편집하다

들어가다

그는 있다, 없다. 보배다, 화근이다. 행위의 실질적인 주범이다. 바다와 바늘구멍 사이를 무시로 왔다 갔다 하며 수많은 결과 층이 있어 종잡을 수가 없다. 아니, 그는 호르몬의 한 작용일 뿐이다….

혹자는 그가 바람이 물物에 기대어 나타나듯 네 아我를 통해 나타난다고 한다. 네 '아'란 몸 나, 얼 나, 제 나, 참 나이다. 바람을 잡을 수 없듯 그 또한 그러하단다. 어디에나 있고 또 어디에나 없는 그것. 태초 이래 추측만 무성할 뿐 여전히 정체는 오리무중이고 아무도 그 형상을 명확하게 그려내지 못하는 그것. 어떤 이는 그를 찾아 산에 들고, 어떤 이는 온 세상을 떠돌기도 한다. 사람들은 그를 마음이라 부른다.

나는 수십 년 마음과 동거를 했으나 아직도 그를 잘 알지 못한다. 그는 수없이 곁가지와 잔가지를 치면서 증식한다. 뿐인가. 수시로 속고 속이고 찌르고 찔린다. 직선이되 서로 찌르는 법이 없는 나무들. 그들은 일사불란하게 중심을 향해 응집되면서 키와 품을 늘린다. 사람인 나는 근심만 무성할 뿐 마음 한 뼘 넓히지 못한다. 마음을 아는 일은 먼 산 나무를 아는 일보다 어렵다.

엿보다

새벽들이 일어난다. 작정하고 주방의 싱크대를 열어젖힌다. 주인의 손을 타지 않은 그릇들이 정물처럼 놓여 있다. 오랫동안 사용하지 않아 누렇게 빛이 바래거나 기름때가 앉은 것도 있다. 단호하게 그릇들을 들어낸다. 버려질 그릇들이 큰 상자로 하나 가득이다. 정리된 수납공간이 허룩하다. 속이 후련하다. 필요 이상의 것들을 너무 많이 끌어안고 살았다. 비단 그릇들뿐이겠는가. 관계가 그렇고 습관이 그랬을 것이다. 공연히 삶을 번거롭게 하는 것들에 치여 내가 잃어버렸을 마음이며 시간은 또 얼마일 것인가.

그릇들처럼 핸드폰에 저장된 번호 중에는 묵혀지고 잊힌 것들이 많다. 어떤 의미로든 한때 내 안에 들여진 것들일 테지만 이젠 더 이상 내 인생 무대에 등장하지 않는 관계들이다. 과거형이 된 것들은 끝내 돌아오지 않고 또 그것으로 족해야 함을 안다. 무의미한 숫자로 남아 있는 관계들을 영구 삭제한다. 문제는 마음이 지우지 못하는 기록들이다. 이따금 각을 세우고 의식의 표면으로 출몰하는 기억들. 의식을 밀고 가는 힘은 무의식이라던가. 마음을 비우지 못한 그릇정리나 숫자의 삭제, 실체는 놓아두고 그림자만 지운 격일 테다.

나오다

찌들고찌든 마음을 삶는다. 일회성일망정 나름 정화를 위한 작업이다. 고통이라는 고농축 세제를 넣고 온도를 최대한 높인다. 부글거리며 마음이 끓기 시작한다. 부풀어 오른 거품이 차고 넘칠 듯 가슴을 압박한다. 어설프게 끓이면 변질되기 십상이다. 인내의 한도를 최대한 높이고 최소한의 숨만 붙어 있을 때까지 견딘다.

마음의 땟국은 좀체 벗어지지 않는다. 불기운을 조절하면서 펄떡거리는 소리가 나도록 오래 끓인다. 아뜩해지는 통증 속에 불순물이 증발한다. 잡념이 사그라지고 누르스름하던 마음 빛깔이 조금씩 제 색을 찾는다. 한소끔 뜨거운 감정을 빼내고, 진한 얼룩으로 남아 있는 상처 부위의 흔적을 힘껏 문지른다. 흐르는 물에 흔들고 또 흔들어 맑은 물이 나도록 마음을 헹구고, 마지막까지 변장술에 능한 집착의 관성을 쥐어짜 제거한다. 잔여의 습기마저 햇볕에 온종일 널어 말린다. 잡것이 빠져나간 心, 가볍다.

슬픔의 역설

남자의 노랫소리가 들려왔다. 며칠째 똑같은 노래였다. 음의 높낮이에 따라 소리는 끊어질 듯 이어졌다. 절제되지 않은 음정에 불분명한 가사, 파열음을 일으키는 고음의 클라이맥스. 노래라기보다는 괴성에 가까웠다.

최근 아파트 단지 내에 직장인들로 이루어진 밴드가 결성되었다는 소식을 전해들은 터였다. 하필 나의 이웃이 그 밴드의 보컬? 그렇다고 믿기엔 너무 못 미치는 솜씨 아니냐는 생각이 들었다. 어쨌거나 아래층에 사는 나로선 여간 곤혹스러운 일이 아니었다. 그럼에도 선뜻 무뢰한으로 몰아붙이기에는 석연찮은 구석이 있었다. 남자의 노래에서 느껴지는 알 수 없는 슬픔과 분노 때문이었다.

눈이 푹푹 내려쌓이던 저녁이었다. 시작부터 남자의 노래는 애상에 젖어 있었다. 예의 그 높은 음에 이르렀을 때 갑자기 음정이 격해졌다. 뒤이은 잠깐의 정적, 그리고 긴 흐느낌이 들려왔다. 숨을 죽이고 다음 소리를 기다렸지만 노래는 거기서 뚝 끊겼다. 무슨 사연이 있는 것일까? 밴드의 보컬일지도 모른단 짐작에서 '실연남' 쪽으로 생각이 돌아간 것도 바로 그때였다. 삽시간에 적의는 연민으로 바뀌고 은근히 남자의 노래를 기다리는 일마저 있게 되었다.

그날 이후 남자는 한동안 노래를 부르지 않았다. 기다리는 일이 서서히 시들해질 때쯤, 다시 남자의 노랫소리가 들려왔다. 아직 날이 밝기도 전이었다. 귀를 모으고 주의 깊이 음색을 살폈다. 왠지 쓸쓸한 기운이 감도는 목소리였지만 감정은 이전처럼 애절하지 않았다. 노래는 5분 정도 이어지다 끊겼다. 사연은 알 도리가 없었지만 노래가 더 이상 슬프지 않다는 사실에 안도했다.

내가 혼자 부르는 남자의 노래에 감성이 예민해지는 데는 연유가 있었다. 초등학교에 갓 들어가서일 것이다. 겨울이면 어머니는 옷을 짓거나 이불을 빨아 꿰맸다. 광목 이불을 빨아 다림질하여 꿰매는 일은 여러 날이 걸렸다. 날이 추워서 잘 마르지 않는 데다 일일이 손으로 하는 작업이기 때문이었다.

나는 어머니 곁에서 광목 홑이불의 버스럭거리는 소리를 들으며 책 읽는 것을 좋아했다. 어머니는 가끔 노래를 흥얼거렸다. 가사도 없이 그저 으와 음 사이의 부정확한 발음으로만 이어지는 구슬픈 가락이었다. 콧날이 시큰해진 나는 책장을 넘기다 말고 어머니 품을 파고들었다.

"엄마, 울어?"

"울긴. 옛날 노래를 하는 거란다."

"근데 왜 노래가 슬퍼?"

나를 바라보는 어머니의 눈빛이 젖어 있었다. 가슴이 뭉클해져서 어머니를 끌어안았다.

어머니만큼 나이가 들어서야 그 노래 속에 깃든 슬픔을 이해했다. 아니, 어느새 나도 그 어머니의 노래를 따라 하고 있었다. 가사도 없이 웅얼대다 어떤 한 노래를 끝도 없이 되풀이해 불렀다. 어느 소절에서는 제 설움에 울컥 눈물이 솟기도 했다. 그러고 나면 속이 한결 후련해졌다. 어머니의 대물림이었을까. 달리 막힌 속을 풀 주변머리가 없는 내겐 나름 실용적인 방법이었다. 얼굴도 모르는 남자의 노래에 감성이 대책 없이 열리는 것도, 그 음정 속에 깃든 아픔을 섬세하게 가려내는 예민함도 다 거기서 비롯되지 않았나 싶다.

애당초 온전히 감정을 충족시키는 언어란 불가능한 것인지 모른다. 혼자 신음하듯 웅얼거리는 노래는 순수하게 제 마음의 가락을 담은 언어 밖의 언어라는 생각이 든다. 불완전한 문장으로 이루어진 그 원시적인 형태의 소리가 그토록 마음을 흔드는 까닭은 무엇인가? 그 노래야말로 자아가 부르는 고유한 슬픔의 역설이기 때문 아닐까?

2부 구멍돌

그냥 살았슈
이장移葬
쓸모없음의 쓸모
자화상
익모초
왜곡
나무거울
욕망의 계단
안경
명함
구멍돌
에헤라 달구

그냥 살았슈

"내가 뭘 알간유. 태났으니 그냥 살았쥬. 원망허믄 뭐헌대유? 다지 복인 걸유."

날 새면 일하고 어두워지면 잤다. 철마다 몸을 가릴 옷 한 벌이면 되었고 끼니때마다 손수 가꾼 푸성귀 몇 잎이면 되었다. 조상님 물려주신 삼 간 초옥에 아들 딸 고루 두었으니 족하게 여겼다.

성미 고약한 영감님 쉰 고개 못 넘고 곁을 떠났으나 그도 팔자려니 서러워하지 않았다. 세상에 나서 배운 거라곤 사람 공경할 줄 알아야 한다는 부모님 가르침이 전부였으나 평생 누구와 다툰 적이 없고 내 것 아닌 것에 욕심을 부려본 적도 없었다. 세상 구경이라야 달포에 두어 번 보는 장날 풍경이 고작이었고, 텔레비전의 아홉 시 뉴스조차 초저녁 잠으로 놓치기 일쑤였다.

그렇게 꽃 피고 지는 봄을 예순 번쯤 보내고 박할머니는 마당가 늙은 살구나무처럼 허리가 휘었다. 나무처럼 할머니의 생은 그저 순하고 자연스러웠다. 봄이 오면 씨를 뿌렸고, 여름엔 김을 맸고, 가을엔 거두었다. 그 속에서 할머니가 터득한 진리는 단순했으나 삶을 관통하는 것이었다. 자연의 질서에 순응해야 한다는 것. 땀 흘린 만큼 거둔다는 것. 살다 보면 가뭄이나 태풍 같은 시련도 있다는 것. 제 분수를 지켜야 한다는 것. 물처럼 흘러온 길이 보이는 평온한 얼굴이었다.

맨몸으로 살아낸 세월이 순탄치만은 않았을 터, 어찌 그리 맺힌 데가 없는지 궁금했다. 희로애락도 곰삭으면 저쯤 맑고 순한 얼굴로 피어나는 것일까. 책상물림으로 배운 지식과 몸으로 터득한 지식의 차이가 이런 걸까 싶기도 했다.

손님을 대접한다고 할머니가 내놓은 사과는 시고 달았다. 두 가지 맛은 너무 개성이 강해서 입 안에서 으깨어지는 동안에도 결코 섞이지 않았다. 그 맛이야말로 야생의 건강함일지도 모른단 생각이 들었다. 할머니가 누리는 평화 역시 기꺼이 순응하는 자에게 주어지는 자연의 선물이 아닐까. 산비둘기 울어대는 오후, 할머니의 등 뒤로 쏟아지는 햇살은 따사로웠다.

이장移葬

인부들이 무덤을 파헤치기 시작했다. 시간에 쪼그라든 봉분은 애기무덤처럼 가여웠고, 그마저 개기장과 수크령, 산딸기나무가 절반을 차지하고 있었다. 잡초에 뒤덮인 무덤은 쉽게 속을 내주지 않았다. 한참을 어르고 달래듯 파내려가서야 제 살집을 내주었다. 초목의 뿌리에 뒤엉킨 흙은 붉고 향기로웠다. 인부의 등이 땀으로 흠뻑 젖고, 팔뚝에 힘줄이 시퍼렇게 돋아오를 때쯤 뼈들이 드러났다. 인부는 조심스럽게 흙을 헤치며 뼈들을 주워 올렸다. 40년 동안 흙과 더불어 안온하다 세상으로 끌려나온 뼈들은 도리어 욕되었다. 골반뼈와 머리뼈, 정강이뼈가 차례로 올라왔다. 구멍 난 머리뼈 사이로 실 나부랭이 같은 나무뿌리들이 엉켜 있었다.

딸은 뼈들을 어루만지며 꺽꺽거렸다. "엄마…." 어깨를 들먹이며 흐느끼는 여인 옆에서 산딸기는 농익어 붉고, 큰까치수염은 눈부시게 희었다. 슬픔과 고통은 산 자의 것일 뿐, 영욕을 벗어버린 뼈들은 차라리 평화로웠다. "울 것 없다. 제 곳으로 돌아간 것이다. 앞서고 뒤설 뿐이다." 중얼거리듯 말을 흘려놓고 망자의 남편은 이를 악물었다. 산 아래 체육관에서는 만국기가 펄럭이고, 차들은 경적을 울리며 확장된 도로를 질주했다. 산 자의 세상은 죽은 자를 향해 무심하고, 죽은 자는 그보다 더 철저하게 산 자들의 세상에 무심했다. 죽음은 결단코 산 자의 언어 밖에 존재했다. 완벽한 소통의 단절, 굳게 닫힌 그 문 앞에서 나는 절망해서 울었고, 안도하며 또 울었다.

쓸모없음의 쓸모

외암리는 돌이 흔한 마을이었나 보다. 담장은 물론 축대며 디딤돌, 허드레 물건을 넣어두는 광까지 모두 돌을 쌓아 만들었다. 거반 다듬어진 돌이 아니라 호박돌, 막돌이다. 어쩌면 하나같이 그렇게 제멋대로 생겼을까? 모양도 크기도 제각각이다. 어느 한구석에 틀어박혀 세상 물정 모르고 살다가 모여든 어중이떠중이 같다.

큰 놈이라고 잘난 체 거드름을 피우지 않고 작은 놈이라고 기죽어 몸을 사리지도 않는다. 되는대로 들쭉날쭉 자리를 잡고 앉은 모양새지만 보면 볼수록 꼭 있을 자리에 있다. 모가 나서 생긴 틈을 모가 난 다른 돌이 메워준다. 작은 돌이 큰 돌을 떠받치고 큰 돌은 작은 돌을 품어 줄을 맞춘다. 모자란 것으로 모자란 것을 채운다. 어슷비슷하게 기대거나 얼싸안은 돌들의 자연스런 조합이 멋스럽다. 쓸모없음의 쓸모인 셈이다. 크고 작음의 우열이나 미추의 구별이 없는 동일한 쓸모. 머릿속의 쓸모가 아니라 사물 자체의 쓸모를 이용해 만들어낸 조화다.

돌에 따라 담의 형태도 제각각인데 그것들이 어우러져 내는 곡선이 또 일품이다. 판판하게 깎아 다듬은 돌담에선 느낄 수 없는 고졸한 멋이 있다. 그저 경계일 뿐 그 어떤 방어태세나 위압감이 느껴지지 않는다. 그리고 보니 구불텅구불텅한 고샅길이나 마을 어귀 제멋대로 휘어져 자란 늙은 소나무, 초가지붕의 허술한 듯 소박한 선이 모두 한통속인 양 돌담과 닮아 있다.

닮음이 주는 편안함 속에 문득 다가오는 한 생각. 쓸모란 쓸모없음의 안받침을 통해 완성되고 쓸모의 최대 효용은 조화의 아름다움이라는 것. 고만고만 어리숭한 것들 간의 이심전심일까.

자화상

　바닷가의 곤충박물관은 썰렁했다. 관람객도 나 혼자였다. 입구에서 나를 맞이한 것은 남아메리카 푸른 나비였다. 계절도 없이 나비는 거기 그렇게 앉아 있었다. 생전의 우아하고 화려한 자태 그대로. 이것이 실물 그대로인가 싶을 정도로 섬세하고 화려한 무늬를 가진 것들도 있었다. 하늘 아래 나비만큼 고운 옷을 입은 피조물도 없을 성싶었다. 그리 완벽한 몸을 입기 위해 나비는 흉측한 애벌레의 오랜 어둠을 마다하지 않았던 것일까. 마침내 꽃보다 더 유혹적인 변신의 생애를 누리고 박제가 된 나비. 여전히 그는 화려했던 비상을 접지 않은 채 더 높은 비상을 꿈꾸고 있는 듯 보였다. 나는 끊임없이 변태를 꿈꾸는 애벌레. 돋다 만 겨드랑이 날개의 가려움으로 늘 안절부절 못하는. 생애 한 번쯤은 남아메리카의 창공을 가르는 푸른 나비가 되어도 좋겠다.

오색창연한 색의 향연, 그 긴 여운에 서성대다 정체를 알 수 없는 소리에 이끌려 파충류실에 들어섰다. 입구에서 수다스럽게 나를 맞이한 녀석은 앵무새였다. 사람의 발길이 뜸한 겨울, 지하 박물관을 홀로 지키고 있자니 녀석도 외로웠을 것이다. 한참 귀를 기울인 끝에 녀석이 "안녕하세요?"라고 빠르게 쫑알거리는 소리를 알아들을 수 있었다. 녀석은 새장 천장에 거꾸로 매달려 재주를 피우거나 딱딱거리는 소리를 내어 내 발걸음을 붙잡았다. 나는 기꺼이 녀석의 재주를 칭찬하거나 소리를 따라하면서 흥을 돋워주었다. 좁은 새장 안에서 날개의 본성을 잃고 그가 지킬 수 있는 거라곤 혀의 기능뿐이리라. 먹이와 안전을 보장받는 대신 죽을 때까지 날개의 본능을 접어야 하는 녀석의 운명. 할 수 있었다면 결코 새장 안의 삶을 선택하진 않았으리라. 자발적으로 새장에 갇히고 던져주는 먹이에 만족하며 입술로만 자유를 외치는 나는 저 앵무새와 무엇이 다른가.

녀석의 안타까운 울음을 뒤로한 채 다람쥐가 쳇바퀴를 돌리는 곳으로 발길을 옮겼다. 녀석은 내게 관심이 없었다. 오로지 쳇바퀴를 돌리는 일에 정신이 팔려 있었다. 영원히 제자리일 수밖에 없는 쳇바퀴놀음. 녀석 역시 쳇바퀴 저 너머 어디에 있을 희망을 찾고 있는 것일까? 이젠 쳇바퀴를 돌리는 일 자체가 목적이 되고 운명이 된 것처럼 거기 몰두해 있었다. 희망처럼 중독적인 것은 없다. 오늘을 견디고 내일로 넘어가는 이 숨 가쁜 삶을 살아내기 위해선 희망이란 최면이 필요할지 모른다. 실존은 냉엄하게 자기 몫의 운명을 감당하도록 요구한다. 인간이란 이름을 지닌 나는 다람쥐와 무엇이 다를까. 답을 찾지 못한 채 박물관을 빠져나왔다. 일상 쳇바퀴로의 회귀다.

익모초

이틀을 내리 눈이 퍼부었다. 40cm 눈 아래로 발이 파묻혔다. 논과 밭, 길의 경계가 지워지고 사방은 온통 백야白野였다. 그런 눈밭 속에 익모초가 홀로 마른 풀대를 꼿꼿이 세우고 서 있었다. 잎겨드랑이에 아직 제 곳을 찾아가지 못한 씨앗들을 품은 채였다. 억새마저 허리를 꺾고 눈 속에 몸을 묻었건만, 저 가느다란 몸피로 어떻게 모진 눈보라를 버텨냈을까.

참, 썼다. 하얀 사기대접에 칠 홉쯤 찰랑이던 검은 액체. 예닐곱 살 아이가 마시기엔 질릴 만큼 쓴맛이었다. 배앓이가 잦았던 나는 여름이면 열흘이 멀다 하고 익모초 즙을 마셔야 했다. 마시고 나면 용하게도 배앓이가 말짱해졌다. 그 쓰디쓴 풀이 약이 될 줄 조상들은 어찌 알았을까? 그야말로 역발상적 사고의 원조 격이 아닌가.

그런데 왜 약은 다 입에 쓸까? 치료약으로 먹는 양약이 그렇고, 몸을 보한다고 먹는 약 역시 쓰다. 약뿐 아니라 나물도 쓴 것이 몸에 좋다고 한다. 씀바귀, 민들레, 쑥 등이 그러하다. 쓴것이 안에 들어가 몸을 이롭게 하는 이치가 신비할 따름이다. 혀끝의 맛으로만 좋고 나쁨을 가리지 않은 어른들의 지혜가 놀랍다.

써서 사람을 이롭게 하는 것 중에 으뜸은 쓴소리일 것이다. 받아들일 수만 있다면 그보다 좋은 명약은 없을 터이다. 그러나 소화를 시키기가 쉽지 않다. 소화기능이 약하면 심각한 부작용이 생기기도 한다. 그래 그런지 외면하고 내치는 경우가 더 많다. 처방을 하는 사람도, 그걸 받아들이는 사람도 역량이 되어야 효험을 발휘하는 약이다.

인생의 단맛 역시 쓴맛을 본 후에 더 잘 안다고 한다. 세상에 거저 얻어지는 단맛은 없다는 뜻일까. 살면서 이것이 단맛이다 느낀 적이 없는 걸 보면 제대로 쓴맛을 보지 못했다는 반증이려나. 아니, 이미 여러 차례 쓴맛을 보고도 약효는 보지 못한 채 쓴맛 불감증에 걸려버린 것은 아닌지.

돌아보건대 나는 감당해야 할 한 걸음의 쓴맛이 두려워 정상을 눈앞에 두고 지레 철수하는 겁쟁이였다. 혹여 그 한 걸음의 포기가 내 삶에 치명적인 직무유기는 아니었을까. 눈밭에 직립한 익모초의 결기가 나를 부끄럽게 한다. 그래, 설원을 건너지 않고 어찌 봄을 맞이할 수 있으랴.

왜곡

사진 속 형상은 평범한 중년 여성의 얼굴이다. 포토샵의 '왜곡' 수법을 사용해 형태와 색채를 변형시켰다. 작업은 몇 번의 클릭만으로 간단하게 이루어진다. 작가의 의도에 따라 사진은 더 여러 모양으로 변형될 수 있다. 그렇게 왜곡된 사진은 전혀 다른 이미지로 변신, 사실과 진실, 외형과 본질의 차이를 흥미 있게 보여준다. 사진은 사실에 충실한 작업이지만 왜곡은 사물을 다채롭게 상상하고 이해하게 하는 매력적인 표현기법 중 하나다.

그러나 왜곡의 명수는 따로 있다. 카메라는 인위적인 조작을 하지 않는 한 스스로 왜곡을 하지 않지만 인간의 마음은 수시로 양극단을 오르내린다. 있는 그대로를 전부라고 믿거나 사실을 왜곡하는 일이 자주 일어난다. 인간사 대부분의 오해가 그 경계에서 일어난다 해도 과언이 아닐 듯싶다. 작품상 표현기법의 왜곡은 예술로 승화될 수 있지만 감정의 왜곡은 십중팔구 상처가 된다. 첫 번째 피해자는 물론 당사자다.

인생은 관계다. 관계 맺음의 방식에 있어서 왜곡은 부정적인 영향을 미치는 치명적인 요소다. 구부러지고 비뚤어진 시선을 가지고 건강한 관계를 맺을 수는 없을 것이다. 발단은 사소하고 우연적이지만 결과는 외로움, 우울, 원망, 분노 속에 침체되고 고립되는 극단적인 상황에까지 이를 수 있다. 문제는 누구나 그런 왜곡에 빠질 수 있다는 사실에서 자신을 제외한다는 것이리라.

왜곡을 예술의 한 형태로 격상시키듯 왜곡의 상처를 승화시키는 일은 왜 그토록 어려운가? 심리학자 하이코 에른스트는 상대에 대한 진정한 감정이입이, 자신에 대한 굳건한 자존감이 그 일을 가능하게 할 수 있다고 조언한다. 물론 그 전에 자신의 상처받은 정서를 돌아보고 치유하는 과정이 선행되어야 할 터이다. 예술은 어쩌면 그런 상처를 극복하는 투쟁 속에서 탄생하는 것인지 모른다.

사실과 진실 사이의 간극을 바로보고 균형을 잡는 일은 살아 있는 동안의 숙제다. 그 과정의 지난함을 행복이나 예술로 승화시킬 수 있다는 것은 인간만이 누리는 특권일 것이다. 그렇게 되면 가히 인생은 공작工作이 아니라 명작名作이 되리라. 혹 이 또한 왜곡의 착시 현상에 의한 한순간의 꿈은 아닐까?

나무거울

나무의 뿌리가 반쯤 밖으로 드러나 있습니다. 억센 뿌리들이 필사적으로 흙을 움켜쥐고 있습니다. 파헤쳐지고 나서야 나무를 떠받치는 것이 뿌리라는 걸 새삼 알게 됩니다. 꽃이나 잎을 피우는 것은 뿌리의 힘이지요. 나무가 거느린 풍성한 간지 역시 뿌리의 건강함에서 나올 겁니다. 그러나 우선 사람들의 시선을 끄는 것은 꽃이나 잎입니다. 보이지 않는 것이 보이는 것을 거두어 키운다는 것을 미처 생각지 못하는 걸까요. 바깥은 안의 표상입니다. 지혜로운 이가 바깥보다 안을 먼저 살피는 이유일 것입니다.

나무의 근본이 뿌리라면 사람의 근본은 마음입니다. 마음은 온갖 감정이 들고 나는 진원지지요. 게다가 마음은 나무보다 더 많은 간지를 가지고 있습니다. 그 마음을 어떻게 먹느냐에 따라 행복과 불행,

생사가 엇갈린다고 합니다. 일어나는 건 한 생각이지만 그 생각을 떠받치는 건 수만 갈래의 마음입니다. 하여 마음을 충동질하는 눈과 귀와 감각을 잘 단속하지 않으면 경을 치는 일도 적지 않습니다. 감독이 느슨하면 마음이 부림을 당하고 팽팽하면 마음이 지기를 펴지 못하지요.

　나무는 수많은 뿌리의 힘을 모아 한 줄기로 곧장 밀어 올립니다. 뿌리에서 곁가지에 이르는 수직의 가파름이 헷갈림 없는 나무의 의지를 알려줍니다. 그렇게 온전히 나무의 생을 살며 한눈을 팔지 않지요. 고목일수록 품격이 있고 가치가 높아지는 비결이 거기에 있지 않을까요. 나무처럼 살 수 있다면 나이 듦은 전혀 서글퍼할 이유가 되지 않을 것 같습니다. 하지만 나무처럼 고품격을 갖추려면 바깥의 주름이 아니라 마음에 잡힌 주름을 살펴야겠지요. 생각해보니 나무살이가 사람살이와 다르지 않다는 생각이 드네요. 근본에 왜 뿌리 근根자를 쓰는지 알 것 같습니다. 그래서 오늘 나무는 나의 거울님입니다.

욕망의 계단

한 남자와 여자가 허공으로 난 계단을 오르고 있다. 육중해 보이는 계단은 난간에 얹혀 겨우 중심을 잡고 있고, 계단의 양쪽 끝은 가파르게 하늘과 땅을 가리키고 있다. 남자는 정상을 눈앞에 둔 반면 여자는 좀체 좁혀질 것 같지 않은 거리에서 뒤를 쫓고 있다.

길을 지나다 우연히 갤러리 옥상에 설치된 이 인상적인 조형물을 보았다. 설치미술가 김창일의 '성공'이란 작품이었다. 내가 조형물에서 느낀 것은 제목과 달리 성공의 허망함이었다. 허공으로 길을 낸 가파른 계단은 상승을 향한 인간 욕망의 정점과 허무한 결말을 역설하는 듯싶었고, 좁히기 어려운 두 사람의 간격 역시 파편화된 가족 관계를 반영하는 듯싶었다. 공수래공수거, 욕망의 종점은 결국 공空 아니던가. 성공의 정점에서 추락과 공을 보는 아이러니. 순간 박 원장의 고백이 떠오른 것은 왜일까.

박 원장은 자신이 인생의 정상에 있다고 확신했다. 더 이상 올라갈 계단은 없으며 천재지변이 없는 한 자기 인생에 내리막이란 없다고 생각했다. 사람들은 대놓고 그의 성공을 칭송하며 부러워했고, 그는 은근히 그런 시선을 즐겨마지 않았다.

정상의 희락도 잠시, 그는 외로웠다. 면전에선 함박꽃처럼 웃고 돌아서면 벽처럼 냉담해지는 가족들에 나날이 성글어가는 머리카락과 휘어지는 등이 부쩍 서글펐다. 가족들과의 연결고리는 오직 통장이었다. 자동이체로 돈이 빠져나간 흔적은 그들이 살아 있다는 증거였고 그와 관계있음의 유일한 표시였다.

불현듯 그는 성공의 증표라 여겼던 부와 명예가 신기루에 지나지 않는다는 것을 깨달았다. 찬사의 대상은 자신이 아니라 돈일 것이기 때문이었다. 한껏 자만심을 충족시켜주었던 정상의 쾌적한 풍광은 사라지고, 황량한 사막 모래바람 속에 홀로 서 있는 듯 공허했다.

정상을 눈앞에 두고 있는 조형물 속 남자의 뒷모습에 박 원장의 얼굴이 겹쳐진 이유를 알 것 같았다. 그들이 마침내 희원하던 정상에 도달할 수 있을지는 알 수 없다. 그러나 그들은 아니, 우리들은 시시포스처럼 오르는 일을 멈추기 어려울 것이다. 오름에 대한 욕망이야말로 생의 수레바퀴를 돌리는 원동력일 것이기에.

안경

　온몸이 흠집투성이다. 맨눈에는 보이지 않던 상처다. 새삼 부엌의 일등 공신 도마의 노고를 알게 된 것은 순전히 돋보기안경 덕이다. 언제부터인가 눈이 세월을 앞질러 갔다. 글자는 벌레처럼 꼬물거리고 사물은 부옇게 흔들렸다. 안경을 쓰면서 세상은 두 구역으로 나뉘었다. 명료한 세계와 흐릿한 세계.

　처음 돋보기안경을 맞추고 지인을 만났던 기억이 생생하다. 제 나이보다 십 년은 젊어 보일 만큼 고운 피부를 가진 사람이었다. 그의 얼굴을 보는 순간 헉, 숨을 들이켰다. 선명하게 보였다. 기역자 모양의 기미, 눈가에 빗금 같은 잔주름, 오른쪽 귓가 쪽으로 허옇게 뭉쳐 있는 파운데이션, 왼쪽 속눈썹에 파리똥처럼 매달린 아이라인의 입자까지.

사람의 미세한 표정에서부터 미생물 그리고 빛의 입자까지 광학의 진보로 인해 보게 된 세상은 가히 혁명적이다. 안경도 그 가운데 하나일 것이다. 눈에 대한 깊은 사유와 보이지 않는 세계에 대한 집요한 탐구가 가져온 밝은 세상. 안경은 단순한 도구가 아니라 관점을 변화시키거나 상승시킬 수 있는 중요한 매체라는 사실을 깨닫는다.

　그러나 광명천지라고 다 좋을 것인가. 도마에 기생하는 미소균류며 공기 중에 떠도는 온갖 바이러스를 낱낱이 볼 수 있다면 필경 신경쇠약에 걸리고 말 것이다. 무엇보다 다행인 건 마음을 들여다보는 안경은 아직 발명되지 않았다는 점이다. 알 수 없어 답답한 적보다는 알아서 병일 때가 더 많은 게 마음 아닌가. 보는 것에 한계를 둔 것은 조물주의 배려이지 싶다. 그 한계 덕에 사람과 사람 사이, 사람과 사물 사이에 적당한 간격이 유지되는지 모른다. 결국 눈을 다스리는 건 마음이고, 그 마음이야말로 행복을 좌우하는 안경일 터이다. 정작 높여야 하는 건 안경 도수가 아니라 마음 도수가 아닐는지.

명함

    사각의 종이 안에서 글자들이 개미처럼 꼬물거렸다. 선술집의 흐린 불빛 아래 그것들은 흰 바탕에 검은 줄로 이루어진 불규칙한 조합으로 보였다. 이름도 번호도 아무것도 확인할 수 없었다. 그는 내가 지갑 안에 명함을 집어넣는 것을 확인한 후 손을 내밀었다. 명함이 없다는 내 말에 남자는 주머니를 뒤적거리더니 종이를 꺼냈다. 오래전에 각이 꺾인 종이엔 몇 줄의 글이 적혀 있었다. 남자는 종이의 앞뒤를 살피더니 여백을 찾아 손으로 문질렀다. 시인이나 교수의 손이라기보다 농투성이처럼 뭉툭한 손이었다. 남자는 자글자글 잔주름이 잡혀 있는 종이를 내 앞으로 내밀었다. 술기운으로 붉어진 그의 눈빛은 진지했다. 나는 그 위에 이름과 전화번호 그리고 소속단체를 적었다. 남자는 한참을 들여다보더니 조심스레 종이를 접어 주머니에 넣었다.

술이 몇 순배쯤 돌고 남자는 비워지지 않는 내 술잔을 채근했다. 넘어가지 않는 술 대신 나는 당근을 오래도록 씹었다. 메아리 없이 제각각 맨송맨송하게 겉도는 떠들썩한 말소리가 먼 데서 들려오듯 아득했다. 남자가 건너편 H선생에게 술잔을 건네려고 일어섰을 때 우연히 그의 코트 주머니가 눈에 들어왔다. 손이 들고 난 자리가 반들반들 닳아 있었다. 물이 바래 희끗희끗 흰빛마저 도는 코트였다. 시인이고 교수라는 신분 뒤에 감추어진, 힘겨운 가장의 무게가 들고 난 세월의 흔적이 거기 있었다. 한 장의 명함으로는 알 수 없는 그의 삶의 안쪽이 보이는 듯했다. 나는 순순히 그가 따라주는 한 잔의 술을 받아 마셨다. 너나할 것 없이 고단한 우리 삶에 대하여, 결코 구원이 될 수 없으리라는 걸 알면서도 거기 목매는 속수무책의 글쟁이들을 위하여.

구멍돌

제주도에 구멍 없는 돌은 없었다. 돌보다 구멍이 먼저 눈에 들어왔다. 차라리 돌이 아니라 구멍이었다. 온전히 타버린 구멍돌은 완벽한 까망이었다. 구멍 수와 까망의 농담濃淡, 그것은 제 안의 온도에 비례했을 터였다. 제 몸에 구멍을 내주고서야 온전히 타버리는 것을 면할 수 있었던 화산석. 구멍은 그러니까 존재를 부지하기 위한 대가였다. 몸의 열기를 감당하지 못해 자지러진 형상을 한 것들도 있었다. 파편처럼 흩어지다 휘날리는 갈기의 모양이 된 것도 있었다. 형상은 제각각이었으나 하나같이 고통의 현현顯現임에 틀림없었다. 제주 바다의 위용과 장엄한 풍광이 저 구멍돌에서 나오는 게 아닐까 싶었다.

인간은 구멍에서 생성되고 구멍으로 존재를 세우다 구멍으로 소멸하는 존재다. 구멍이 연출하는 인생의 희로애락은 저 바다에 누운 화산석 만큼이나 천태만상이다. 용암의 종류나 분화 방식이 화산의 종류를 결정하듯 유전자는 어떤 구멍 인생이 될 것인지를 좌우한다. 때론 제 몸을 빠져나오지 못하고 고결固結되어 버린 마그마의 기포처럼 돌연변이가 되기도 하지만 대부분 주어진 틀을 벗어나지 못하는 존재다. 구멍 없는 인생은 없다. 열 개가 넘는 구멍을 지닌 인간의 몸 자체가 그러하고 소통을 위해 구멍을 내줄 수밖에 없는 우리네 삶도 그와 다르지 않다. 결국 살고 죽는 일이 안팎의 구멍관리에 달려 있다는 의미인가. 헛되이 바람만 드나드는 구멍이 되지 않도록 살피고 또 살필 일이다.

에헤라 달구

큰아버지가 돌아가셨다. 사람들은 호상이라며 그다지 애석해하지 않았다. 자식들에게 호상이란 가당치 않았으나 세상의 순리란 그토록 무심하고 냉정한 것이었다. 그야말로 떠나온 곳으로 돌아가는 자연스러운 통과의례쯤으로 여겼다. 큰아버지는 햇볕 좋고 바람 잘 통하는 선산에 묻혔다. 그 마을에는 아직도 전통의 장례 문화가 고스란히 이어져 오고 있었다. 마을의 몇 안 되는 어른들이 살아 있기 때문에 가능한 일일 터였다. 항렬이 높았던 큰아버지는 선산의 무덤들 가운데 꽤 높은 자리를 차지하고 있었다. 죽어서도 서열은 엄격했고 서열에 매겨지는 어른들의 예의는 깍듯했다.

에헤라 달구, 에헤라 달구! 덩더더 더꿍! 북소리에 맞춰 구성진 달구질소리가 적막한 산천에 울려 퍼졌다. 거나하게 취한 북재비가 어깻짓을 하며 당堂 주위를 돌면 당 안의 남자들은 박자를 맞춰 달구질을 했다. 달구를 좌우로 흔들면서 짧게 멈춤을 사용하는 식으로 달구질은 계속 되었다. 그중에 선소리꾼은 상주들의 설움을 북돋우기 위해 더욱 구슬픈 음정으로 상여소리를 선창했다. 상주들의 곡이 적으면 딸들을 부추겨 곡이 없다 너스레를 떨고, 저승 노잣돈이 적게 나오면 섭섭해 못 떠난다고 노여움을 부렸다. 아들과 사위는 죄인이 되어 소리꾼에게 술과 고기와 노잣돈을 바쳤다. 노잣돈은 소리꾼이 집안의 규모에 따라 눈치껏 받아냈다. 모아진 노잣돈은 마을의 각종 행사때 유용하게 쓰였다.

달구질이 진행되는 동안 무덤 한쪽에서는 마을 청년들이 숯불을 피워 돼지고기를 굽고 종중회 일가가 차려낸 푸짐한 상에서는 동네 어르신들의 술판이 벌어졌다. 흙이 다져질수록 선소리꾼의 상여소리는 절정을 향해 치닫고 상주들의 노잣돈 단위도 커졌다. 그중에 맏사위는 소리꾼의 표적이 되었고 노잣돈을 두둑이 준비하지 않으면 한바탕 혼쭐이 나기도 했다. 선소리꾼의 너스레에 맞춰 아들과 사위도 달구를 잡고 어깨춤을 추고, 딸도 며느리도 눈물이 마를 수밖에 없는 달구질 현장은 차라리 한판 축제였다. 달구질이 끝나고 마지막으로 봉분의 떼장을 올리는 순간 그제야 노부를 보낸 칠순의 아들은 소리 없이 눈물을 흘렸다. 짧은 겨울 해는 서녘으로 훌쩍 기울고 어디선가 작별 인사처럼 까마귀가 울었다.

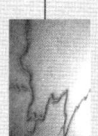

3부 바람의 변주곡

상만 씨의 끗발

소나기

바람의 변주곡

난외주欄外註

수탉에 관한 연구

어느 조화造花의 항변

벼랑 끝에 피는 꽃

딱총 소리

입석立席

착각

칠갑산 기행

상만 씨의 끗발

　내가 상만 씨를 알게 된 건 문화원 시창작반에서였다. 그는 늘 허둥지둥 시간이 임박해서야 강의실에 들어왔다. 세 번째 수업이 있던 날, 강의가 거의 끝나갈 무렵이었다.

　"제 시 한 번 들어 보시겠슈?"

　상만 씨가 주머니에서 꾸깃꾸깃 접혀 있는 누런 쪽지를 꺼냈다. 공책에서 북 뜯어낸 자국이 그대로 남아 있었다. 선생이 시를 낭독하는 동안 그는 잔뜩 긴장된 표정으로 사람들의 반응을 살폈다. 선생이 물었다.

　"무슨 생각을 하면서 이 글을 쓰셨나요?"

　"엄마하고 싸우고 심정이 복잡해 끄적여 본 글유."

　"나이가 몇 살인데 아직도 엄마란 호칭을 쓰슈?"

상만 씨는 머리를 긁적이며 잦아드는 목소리로 대답했다.

"올 마흔여섯유. 암만 나이를 먹었어두 새낀 새낑께유."

"파도가 치고 바람이 불고 그래서 어쨌다는 거지요?"

"엄니랑 싸운 제 심정이 그랬다는 거쥬."

"그걸 독자들이 알게 구체적으로 묘사해야지요."

"그게 그러니께… 어렵더라구유. 허허."

상만 씨는 멋쩍은 듯 소리 내어 웃었다. 고수머리에 검게 그을린 얼굴, 마디 굵은 손, 어눌한 토박이 사투리, 영락없는 뱃사람이었다. 고깃배를 부리랴 횟집을 운영하랴, 오후 한나절을 비우려면 여간 큰 마음을 먹지 않았을 터였다. 또 되지도 않는 글을 써 볼 거라고 밤새 얼마나 고심을 했겠는가. 어쩌면 오늘도 뱃일을 작파하고 허둥지둥 달려왔을지 모른다. 이것도 시가 될까 싶어 차마 내놓지 못하고 망설이다 막판에 불쑥 내밀 수밖에 없었던 그 마음이 오죽했으랴. 매번 호되게 야단을 맞으면서도 그는 제일 착실하게 숙제를 해 왔다.

나는 과제물을 낼까말까 망설이다 끝내 한 번도 내놓지 못했다. 도무지 사람들 앞에서 낭독할 용기가 나지 않았다. 제대로 쓰지는 못하면서 보는 눈은 있었던 게다. 결국 알량한 자존심을 지키기 위해 나는 여러 번의 좋은 기회들을 놓쳐버렸다. 석 달 내내 갈등하며 가방 안의 파일만 만지작거리다 종강을 맞았던 것이다.

마지막 강의가 있던 날, 상만 씨는 수강생 모두를 자신이 운영하는 횟집으로 초대했다. 그는 신바람이 난 얼굴로 일행을 맞았다. 방금 잡아 올린 꼴뚜기와 간재미를 회로 무쳐 내왔다. 주요리를 먹기도 전에 배가 차 버릴 정도로 푸짐한 양이었다.

식사가 끝나자 그는 자기가 부리는 고깃배 '광명호'로 안내했다. 겨울 바다에 뱃놀이라니, 사람들의 입에서 환호성이 터졌다. 뱃머리를 돌리는 그의 모습은 위풍당당했다. 글을 내밀며 수줍어할 때와는 딴판이었다. 배와 사내는 잘 어울리는 한 쌍이었다. 자기 인생의 최고 끗발은 시인이 되어 제 사진이 실린 번듯한 시집을 내는 것이라고 했다. 선생의 격려의 술잔을 받고 상만 씨는 환하게 웃었다. 잡雜이 섞이지 않은 순박한 웃음. 끗발을 향한 사내의 꿈에 바닷물도 출렁거리며 장단을 맞추는 듯싶었다.

생활生活이란 한자를 분석해 보면 소가 외나무다리를 건너며 물을 마신다는 뜻을 가지고 있다고 한다. 두 다리로도 건너기 어려운 외나무다리를 네 다리로 건너며 물을 마신다는 것이 가당키나 한가. 그럴진대, 밥 한술 나오기 어려운 글에 마음을 내어 주며 산다는 것은 무모하기조차 하리라.

그 무모함에 끗발을 걸고 항해하는 사람들이 있다. 소위 문학을 한다는 사람들이다. 그들에 의해 영혼의 오지는 발견되고, 또 그들 때문에 잠시나마 생활이라는 식민지에서 자유를 얻는다. 내가 기꺼이 상만 씨의 열정에 감염되기를 원하는 이유일 것이다.

소나기

세상에 인연 아닌 것이 있으랴. 삶이란 어쩌면 가없는 인연의 바다를 유영하는 일인지 모른다. 우연인 듯 스쳤거나 태풍처럼 생의 한가운데를 가로질렀거나 그 모두 내 안에 궤적으로 남아 있으리라. 내 인생 풋것이었던 시절, 한여름 장마 속에 찾아들었던 인연 하나는 지금도 기억의 수면을 오르내린다.

장맛비가 오락가락하던 날이었다. 창문을 닫으려는데 한 청년이 우산도 쓰지 않은 채 뛰어왔다. 그는 서둘러 현관에 달아놓은 주머니에 우유를 넣고 돌아섰다.

"잠깐만요. 비 좀 피해서 가세요."

그는 쭈뼛거리며 집 안으로 들어섰다. 빗물이 연신 얼굴을 타고 흘러내렸다. 현관에 걸터앉아 건네준 수건으로 물기를 닦았다. 따라 준

음료수를 반도 마시지 않은 채 자꾸 밖을 기웃거렸다. 비는 금세 그칠 것 같지 않았다. 아무래도 그냥 가봐야겠다며 자리에서 일어섰다. 나는 우산을 내밀었다. 그는 정중하게 고맙다는 인사를 남기고 빗속으로 뛰어갔다.

그 후 그는 이따금 우리 집엘 들렀다. 아이들과 놀아주기도 하고 간간이 속내를 털어놓기도 하면서 편안하게 쉬어 갔다. 진로문제를 의논하기도 하고 바깥으로만 떠도는 아버지에 대한 원망도 털어놓았다. 어떤 날은 물끄러미 먼산만 바라보다 맥없이 일어서기도 했다. 여리고 내성적인 성격에 고민이 많을 때라 그렇지 싶었다. 비슷한 처지의 남동생을 생각하며 기꺼이 귀를 기울였고 가능한 허물없이 대해 주었다. 장마가 끝나고 불볕더위가 기승을 부리던 어느 날, 우유대금을 수금하기 위해 들렀던 그는 평소와 사뭇 다른 어조로 말했다.

"저어, 드릴 말씀이 있어요."

그는 행정고시 공부를 시작했으며 한동안 볼 수 없게 될 거라고 했다. 그동안 베풀어준 친절에 감사하며 가끔 전화를 해도 되는지 물었다. 청년의 목덜미가 붉어지고 있었다. 그제야 나를 바라보는 눈빛이 심상치 않다는 것을 알아차렸다. 순간 나도 모르게 불쑥 우윳값이 들어 있는 봉투를 내밀었다. 그는 고갤 떨어뜨린 채 자리에서 일어났다.

다음날 청년은 오지 않았다. 그의 어머니가 대신 배달을 했다. 나는 안도하며 가슴을 쓸어내렸다. 그렇게 달포쯤 지났을 때였다.

"저예요. 목소리 듣고 싶어 전화했어요."

목소리가 가늘게 떨리고 있었다.

"공부 잘하고 있겠지요? 그렇게 믿고 전화 끊을게요. 마침 아이를 재우던 중이어서요."

가슴이 두방망이질 치면서 현기증이 일었다. 청년은 다섯 살이나 아래인 막내 남동생과 같은 나이였다. 더구나 그는 내가 시어머니를 모시고 살며 두 아이의 엄마라는 사실을 잘 알고 있었다. 그런 내게 연정을 품으리라곤 꿈에도 생각지 못한 일이었다. 공연히 일이 확대되어 불상사라도 생기면 어쩌나 은근히 가슴앓이를 하면서 전화벨이 울릴 때마다 전전긍긍했다.

그러던 어느 날 그의 어머니로부터 어린 시절 이야기를 듣게 되었다. 그는 아들만 여섯 형제 중 셋째였다. 단칸방에 난봉꾼인 아버지, 늘 일터에 나가 있는 어머니, 게다가 그는 외가에 보내져 어린 시절을 보내는 바람에 부모의 사랑이라곤 모르는 채 자랐다고 했다. 그의 눈빛에서 느껴지던 허기의 정체를 알 듯 싶었고, 오지랖 넓은 나의 친절이 정에 주린 그의 가슴에 불을 지피게 했는지도 모른다는 생각이 들었다.

막바지 더위가 물러가고 태풍의 여파로 바람이 몹시 불던 날이었다. 전화벨 소리가 요란하게 울렸다. 수화기를 집어든 순간 급하게 이어지는 청년의 말소리를 확인할 수 있었다. 대답을 듣지 않은 채 전화는 끊어졌다. 그는 지금 길 건너에 와 있으며 마지막으로 한 번만 보게 해달라는 부탁이었다. 가슴이 덜컥 내려앉았다. 나가야 하나 말아야 하나. 길은 분명 하나이련만 생각은 천 갈래 만 갈래였다. 이번엔 분명하게 매듭을 지어야 한다고 굳게 마음먹고 약속 장소로 나갔다.

횡단보도를 막 건넜을 때였다. 밀짚모자를 쓰고 회색 장삼을 입은 사람이 내 앞으로 다가와 섰다. 상대를 확인한 순간 나도 모르게 탄식이 흘러나왔다. 승복을 입은 사람은 바로 청년이었다. 모진 말로 그를 내치리라는 다짐이 모래성처럼 무너져 내렸다. 그는 앞장서서 근처 만월산 산책로로 걸음을 옮겼다. 한참을 걷도록 아무 말도 하지 않았다. 갑자기 걸음을 멈춘 그가 내 손을 꼭 잡았다. 불안과 연민이 회오리치면서 다리가 후들거렸다. 얼마나 시간이 흘렀을까. 청년은 차분한 표정으로 입을 열었다.

"얼굴에 반하면 마음을 빼앗기고 마음에 반하면 영혼을 빼앗긴다는 말이 있어요. 당신은 제게 그런 분이었습니다. 이제 전 모든 것을 내려놓고 수행의 길을 갑니다. 후회하지 않을 거예요. 당신 때문이라고 생각지 말아주세요. 오래전부터 마음에 두었던 일입니다. 戒를 받기 전에 꼭 한 번 뵙고 싶었습니다. 그래야 내 길을 갈 수 있을 것 같아서요."

이어 간절한 눈빛으로 합장을 하더니 오던 길을 돌아 천천히 내려갔다. 회색 장삼 자락이 굽이진 산길을 돌아 보이지 않을 때까지 나는 우두커니 서 있었다.

　이십 년의 세월이 흘렀다. 나는 지인으로부터 그가 양산 통도사에 있다가 미국의 한 선원으로 건너가 십 년 넘게 공부하고 있다는 소식을 들었다. 제 길을 잘 가고 있다는 안도감 때문이었을까. 비로소 마음의 짐을 내려놓은 기분이었다. 그의 선택이 운명이었다면 한때 소나기처럼 찾아들었던 연정도 이젠 인연의 유영을 마치고 시간의 모래밭 화석花石이 되었기를 바랄 뿐이다. 여전히 암각화처럼 남아 있는 마지막 그의 뒷모습. 인연이란 풀잎 흔드는 바람처럼 그렇게 흔적 없는 것이 아니었던가.

바람의 변주곡

appassionato(열정적으로)

이끌리듯 한 장의 사진 앞에 섰다. 바람과 나무가 몸을 뒤섞고 있었다. 잎들은 푸른 물감처럼 풀어져 있었다. 얼핏 고통인 듯싶지만 마침내 희열에 도달한 표정이었다. 나무와 바람의 운우지정, 잎맥마다 푸른 물이 흐르고 잎자루마다 꽃이 피는 비밀이 거기 있었던가. 그러니까 김영갑은 그 내밀한 소통을 진즉 알아챘던 것일 테다. 나무가 여러 번의 사계를 지나는 동안 한생을 대변할 수 있는 결정적인 장면은 오직 한 번뿐이라고 한다. 그 순간을 낚아채는 것, 시시로 나무가 되고 바람이 되고 구름이 되어 거길 떠도는 영혼만이 가능한 일이리라. 사진마다 바람이 가득했다. 수시로 제주 오름의 나무와 풀들을 흔들어대던 바람 아니, 김영갑의 생 내내 곁을 휘돌던 바람이었으리라. 오름을 넘어 허기진 배를 움켜쥐고 바람 속에 돌아오는 그가 보이는 듯했다. 당근과 고구마, 맹물로 끼니를 때우기 일쑤였던 궁핍 속에서도 오직 사진을 찍을 수 있는 필름만 있으면 행복했던 사람. 사진을 위해 사랑도, 밥이 되는 일도 단호하게 물리친 사람. 뷰파인더 안의 세계 속에 스스로를 고립시키고, 애오라지 자연과 합일의 열망을 가졌던 사람. 마침내 나무에서 그 나무를 키우는 바람과 구름과 흙의 기운을 섬세하게 읽었던 사람. 풍경의 안쪽에서 그가 그토록 사랑하던 제주의 자연과 내통하다 마침내 마흔아홉에 들풀처럼 스러질 때까지 한순간도 우물쭈물 살지 않았던 사람. 그의 유해가 뿌려진 갤러리 마당엔 김영동의 곡 〈바람의 소리〉가 애도하듯 휘돌았다.

feroce(거칠게)

바람이 종횡무진 거칠게 불었다. 막힌 데 없이 사방이 뚫린 벌판길이었다. 수로 옆 억새들이 심하게 몸을 뒤채었다. 겨우내 바람과 햇빛에 바랜 줄기는 희멀겠다. 부러지거나 꺾인 것 하나 없이 머리를 모두 가지런히 한 방향으로 조아리고 있었다. 바람이 불 때마다 온몸을 흔들다가도 머리는 끝내 동쪽을 향했다. 유독 억새만 그런 까닭을 난 알지 못했다. 이름과 달리 억새는 그 몸놀림이 유연했다. 비밀은 텅 빈 줄기 안쪽에 있었다. 가장 먼저 흔들리고 휘어지면서도 이삭 바로 밑까지 곧추세운 줄기를 가진 것 또한 억새였다. 겨울이 되면 억새의 잎은 누렇게 말라버렸다. 그러나 뿌리는 죽지 않고 살아 이듬해 더 무성하게 잎을 틔웠다. 새순이 나와 제법 모양을 갖출 때까지 마른 잎들은 줄기에 붙어 어린 싹들을 보호했다. 묵은 잎과 새 잎이 교체되는 명확한 시점을 알아채기는 쉽지 않았다. 무질서하게 보이는 자연 속에도 나름의 엄정한 질서와 자기를 지킬 줄 아는 지혜가 있었다. 문득 억새를 흔드는 건 바람이지만 억새를 자라고 견디게 하는 건 햇빛이라는 데 생각이 미쳤다. 억새는 그 시원의 힘을 악착같이 움켜잡아야 중심을 지킬 수 있다는 걸 알고 있는 게 틀림없었다. 그 질긴 생명력이 한결같이 그들을 모신母神인 태양으로 기울어지게 할 거라는 짐작이었다. 팔 할이 바람인 억새의 삶을 유지하게 한 원동력은 결국 이 할의 의지였던가 싶었다. 바람의 부피가 의지의 깊이를 이길 수 없는 거라고 혼자 고개를 주억거렸다.

sentimento(감상적으로)

바람이라는 단어 끝에 그녀가 연상되는 까닭을 추적하기는 어렵지 않았다. 장맛의 오심에 관한 인상적인 글 때문이기도 했지만 외양이나 심성에서도 묵은 장의 깊고 진득한 맛이 느껴지는 여자였다. 물론 하룻밤의 동침을 통해 쌓게 된 알량한 연대감이 조금은 과장된 호의로 작용했을 수도 있었다. 그러나 무엇보다 그녀와 바람을 중첩시키게 된 건, 돌아치다 한 시절이 다 갔다는 나의 푸념을 이렇게 받아쳤기 때문이었다. "그게 다 바람 아잉교." 어떤 주춤거림도 없이 간단명료한 정의였다. 순간 그간 내 궤적의 배경이 선명하게 이해되면서 이미 바람고지의 순례를 마치고 평상심에 좌정한 듯한 그녀의 말투에 슬그머니 경외심마저 일었다. 그렇게 바람을 긍정하는 그녀의 어조 속에는 부끄러움도 원망도 없어서 오로지 건실치 못한 자의 끼로 치부하던 내 소견을 일거에 뒤엎었다. 바람이 무엇이냐. 그것은 욕망의 다양한 층위에 다름 아니었다. 결국 바람은 산 자가 부득불 끌어안아야 하는 욕망의 산물이며, 내 안의 끊임없는 불화의 대부분이 바람을 긍정하지 못한 데 있음을 깨달았다. 그야말로 비속을 벗어나지 못한 자로서 욕망을 횡단해 살기는 어려웠다. 아니, 철새들이 기류를 타고 구만 리 먼 길을 순행하듯 바람은 욕망의 닻을 조절하게 하는 항법장치임을 진작 알았어야 했다. 문제는 바람이 아니라 그것을 어떻게 삶의 동력으로 유용하느냐가 아니겠는가. 왜 깨달음은 언제나 이렇게 뒤늦은 것인지.

accorder(조율하다)

영靈으로 번역되는 희랍어 프네우마pneuma는 바람을 뜻하기도 한다. 애초 조물주가 사람을 지을 때 불어넣었다는 생기가 바로 그것이다. 한 숨 바람에 의해 연명되던 목숨은 그 숨이 스러지면서 흙으로 돌아간다. 결국 바람은 생물학적으로도 인간에 내재된 본질이었던 셈인가. 바람은 만물의 한생을 관통하면서 다양한 삶의 무늬들을 부려놓는다. 보이지 않는 바람을 사진 속에 담은 김영갑은 그 자신의 삶이 바람이었다. 억새 또한 바람이 아니었다면 그토록 강인한 줄기를 지니지 못했으리라. 나 역시 내 안의 바람을 통해 인생이 본디 정처定處 없음의 정처임을 깨닫는다. 비로소 적과의 오랜 동침 끝에 화해한 느낌이었다. 바야흐로 내게도 바람과의 공생의 시대가 도래한 것인가.

난외주欄外註

영화가 끝나자마자 사람들이 썰물처럼 영화관을 빠져나갔다. 검은 스크린 위로 영화를 만든 이들의 긴 행렬이 이어졌지만 아무도 눈길을 주지 않았다. 무명의 이름씨들은 저 혼자 뒷걸음질치듯 스크린을 주춤대다 시나브로 사라져갔다. 나 역시 주인공의 비극적인 최후에 마음을 빼앗겨 그들의 존재를 건성 지나치고 있었다. 무대 뒤에서 온갖 궂은일을 도맡았을 스태프들이야말로 숨은 공로자들이련만 세상이 기억하는 건 오직 가공된 이미지의 주인공뿐이었다.

2013년 1월 보일러실에서 한 구의 백골이 발견되었다. 죽은 지 6년이나 된 이웃집 남자의 시체였다. 그 남자의 방엔 2006년 11월의 달력이 걸려 있었다. 아나운서는 보도 끝에 현대인의 고독사라는 말을 덧붙였다. 보일러 수리가 아니었다면 그 남자의 시체는 더 오래 거기

방치되어 있었을 터였다. 백골이 되도록 아무도 찾지 않은 남자, 당시 나이가 오십대라니 아주 노인도 아니었다. 가족이 더 이상 울타리가 되어주지 않는 시대, 설거지를 하며 뉴스를 듣던 나는 잠시 몸을 떨었으나 이내 일상으로 돌아갔다. 내가 그 남자의 죽음을 다시 떠올린 건 아무도 눈여겨보지 않는 스태프들의 긴 이름을 자막에서 본 후였다.

새삼 주목받지 못하고 사라지는 것들에 시선이 쏠렸다. 하루에도 수많은 책들이 쏟아져 나오지만 그중에 베스트셀러가 되는 책은 지극히 적었다. 내 책 《조르바의 춤》도 그랬다. 3년 전 출간된 그 책은 보일러실 남자의 시체처럼 서서히 백골이 되어가고 있을 테지만 여전히 발견되지 않은 채 서점 어느 창고에서 사그라지고 있을 것이다. 마침내 발견되어 고독사라는 이름조차 갖지 못할 그 책, 아니 그런 책들이 얼마나 많을 것인가. 주목받는 책들이라도 난외주까지 꼼꼼하게 챙겨 읽는 사람은 더 적을 것이다. 단 한 줄의 난외주를 위해서 저자는 날밤을 새는 수고를 바쳤을 수도 있지만 그것에 눈길을 주는 사람은 스태프들의 이름을 기억하는 사람만큼이나 희귀할 터였다.

돌아보면 내 삶도 그와 다르지 않았다. 영화 속 주인공은 꿈도 꾸지 않았다. 무대 뒤의 스태프 혹은 난외주 같은 내 삶에 순응하며 살았다. 나는 전형적인 안주형 인간이었다. 무대 위의 세상을 알았을 때는 너무 늦어 있었다. 세상은 무서운 속도로 질주했고 오래전 출발한 사람들의 걸음은 현란해서 따라잡을 수가 없었다. 나는 의기소침했고 난외주의 고립된 문자처럼 외로웠다. 세상 어딘가에서 4초에 한 명씩 굶어 죽어간다는 비극도 나의 상승욕구보다는 절실하지 않았다. 그만큼 무대 위의 세상을 향한 나의 욕망은 조급했고 이기적이었다.

불혹의 나이를 온통 유혹의 혼돈 속에서 헤맨 후에야 세상의 무대는 수시로 정상을 갈아치운다는 것과 화려한 찬탄이 궁극적인 행복을 보장해주지 못한다는 사실을 직시했다. 나의 무대는 바로 내가 선이 자리이며 누구나 자기 삶의 주인공이 될 수 있고, 그것은 타인의 시선이나 판단에 의해서가 아니라 스스로 만들어가는 것임도 깨달았다. 내가 타인의 무대에 선들 나는 결코 그 무대의 주인공은 될 수 없을 터였다. 남의 인생 무대에 올라 공연히 청하지 않은 역할을 흉내 내며 시간을 낭비한다는 것은 얼마나 허망한 일인가.

애당초 난외주 없는 삶은 가능한 것이 아니었다. 삶의 진실은 배후에서 더 역동적이고 뜨거운 것, 그 내용을 토대로 인생이란 성이 차곡차곡 쌓여지는 것 아니던가. 본문의 내용이 실속 있으려면 기본이 되는 난외주의 지식들에 먼저 통달해 있어야 한다는 건 상식이다. 난외주가 본문을 안받침 하는 중요한 요소이듯 삶의 뼈대를 구성하는 핵심 인자들은 난외 스토리들이다. 마침내 난외주를 이루는 모든 순간이 물방울처럼 모여 생生이라는 대해大海를 완성하듯이.

*난외주: 난외에 기록한 주석을 통틀어 이르는 말

수탉에 관한 연구

"우리 집 수탉이 좀 별나다우. 밤새 편안헐지 모르겠소."

잠자리에 들기 전 주인이 한 말이었다. 흘려들은 그 말의 심각성을 깨닫는 데는 그리 오래 걸리지 않았다. 뒤척이다 겨우 잠이 들려는 순간, 귓청을 찢는 듯 날카로운 수탉의 울음소리가 들려왔다. 목청은 제법 틔었으나 지독한 음치라고밖에 할 수 없는 괴이한 소리였다. 대개는 길게 올려 지르고 꺾어서 시나브로 수그러들기 마련이었다. 녀석은 어찌된 일인지 끝날 즈음 한 번 더 목청을 돋우는데 그 소리가 영 귀에 거슬렸다. 그때 나는 수탉도 사람처럼 저마다 목청이 다르며 울음소리 또한 각기 다르다는 걸 알았다. 문제는 일이 분 간격을 두고 몇 마리가 교대로 돌아가며 운다는 것이었다. 청정한 서귀포 바람으로 목청을 다듬은 덕인가, 녀석들의 합창은 귓바퀴를 열두 번이나 진동시킬 만큼 카랑카랑했다.

소리도 기운이 있어야 지르는 법, 길어봐야 한 시간이면 족하리라 여겼으나 웬걸 녀석들의 울음소리는 좀체 끝날 기미를 보이지 않았다. 그래, 새벽 수탉 울음이 열 번이 넘으면 그해 풍년이 든다지 않더냐. 해골바가지 물도 분별없이 먹으면 단물이 된다더라. 모든 것이 마음먹기에 달린 것이라 했으니 내 마음을 바꿔볼밖에. 수행하듯 곤두서는 신경을 다독여 보았으나 수탉들의 울음소리는 귓속까지 파고들었고, 어쩌다 개까지 코러스를 넣는 바람에 안락한 밤은 일찌감치 물 건너가고 말았다.

이따금 바깥주인이 일어나 개를 나무랐다. 서너 번 주인이 호통을 치면 컹컹 짖어대던 개는 이내 조용해졌지만 수탉들은 아랑곳하지 않았다. 나는 주인이 왜 줄창 울어대는 수탉은 놔두고 어쩌다 짖어대는 개만 나무라는 것인지 궁금했다. 순간 떠오른 것이 '닭대가리'였다. '못 알아듣는 게 틀림없어. 그렇지 않고서야 저렇게 내버려둘 리가 없지. 닭대가리란 말이 괜히 나왔겠냐구. 이것이 바로 닭대가리의 실체로구나. 그렇다면 닭대가리를 상대로 씨름을 하는 나 역시 닭…?' 슬며시 자존심이 상해 생침을 삼키는데 뒤척이던 ㄴ이 말을 꺼냈다.

"수탉은 일당 오십의 카사노바야. 저 녀석들 분명히 공급이 모자라 시위하는 걸 거요."

"거 무슨 말요?"

창가 쪽에 누웠던 ㅈ가 말을 받았다.

"에너지는 과잉인데 상대가 모자란단 거지."

"지금이라도 당장 확인해보슈. 암탉 숫자가 턱없이 모자랄 거요. 대장 수탉 아래 애송이 수탉이 있을 거고 녀석은 필경 제 차지가 되지 않는 암탉들을 향해 구애의 몸부림을 치는 걸 거요."

이불 속에서 끙끙대던 네 사람은 모두 "클클클" 웃음을 터뜨리고 말았다. 일당 오십의 비율이 과연 수컷의 위대한 과업을 위한 것인지, 알을 얻기 위한 인간의 영악하고 잔인한 의도에 따른 것인지 정확한 것은 확인할 길이 없었으나 얼추 의견이 비슷한 걸로 보아 영 근거 없는 말은 아닌 성싶었다. 어쨌거나 녀석의 사정이 제아무리 급하기로 날이 밝을 때까지 울어대기야 하겠냐 싶었으나 끝내 녀석들의 울음 속에 날을 새고 말았다.

일어나자마자 사실 확인을 하고 싶어 닭장으로 달려갔다. 오 마이 갓! 날밤을 홀딱 새고도 녀석들은 지친 기색 없이 암탉들의 꽁무니를 쫓고 있었다. 상황을 눈치챈 주인이 달려 나와 무안한 얼굴로 말했다.

"잠덜 못 잤구먼. 글쎄 내가 진작 잡아먹재두 영감이 고집을 세우는 통에…."

"암탉이 몇 마리예요?"

"자식덜 올 때마다 한 마리씩 잡아먹구 열두 마리 남았다우."

"그럼 수탉은 몇 마리예요?"

"세 마린데 전엔 이렇게꺼정 안 심하더니 암탉 숫자가 줄고부터 저리 밤낮으로 울어대네그려."

대충 계산을 해봐도 일당 넷, 오십에 비하면 턱없이 모자란 숫자였다.

"수탉들이 연신 쪼아대는 바람에 암탉들이 쪼그라들었어. 알도 조그맣고 많이 못 낳더라구. 허허."

지난밤 ㄴ의 말이 허풍만은 아니었다. 주인 말에 의하면 보통 유정란을 얻기 위해서는 수탉 한 마리에 암탉 열두 마리를 넣어준다고 한다. 오호라. 수요에 비해 공급이 적으니 보충해 달라고 밤낮 시위를 한 셈이었다. 더군다나 애송이 수탉은 대장의 눈치를 보느라 더욱 몸이 달은 처지였을 터였다. 수탉들은 자신의 본능에 충실한 것일 뿐 죄가 없었다. 어찌 나그네 사정이 제 사정을 당하랴. 녀석들은 모가지를 비틀어도 공급의 균형이 맞을 때까지 시위를 그치지 않을 것이다.

궁금한 건 이런 불편부당한 처지에 대하여 암탉들은 반항 한번 하지 못하고 구시렁대며 내빼기만 한다는 것이었다. 숫자만 보더라도 결코 열세는 아니었다. 한번쯤 혁명을 꿈꿨더라면 닭의 역사가 달라지지 않았을까. 암탉이 울어도 세상은 결코 망하지 않는다는 걸 그들은 아직 모르는 모양이었다. 여전히 개벽은 멀고, 오늘도 계관鷄官을 흔들며 서귀포 박 씨네 수탉들은 목청껏 울어 젖힌다. "꼬끼오오 *끄으으!*"

어느 조화造花의 항변

 쾌나 실망한 표정이군요. 속 보인다는 생각 들지 않나요? 달라진 건 아무 것도 없습니다. 난 여전히 당신이 매료되어 바라보던 그 꽃입니다. 내가 이렇듯 쌩쌩한 게 왜 당신의 미움을 받을 이유가 되어야 하나요? 내가 생화들처럼 시르죽어서 고갤 처뜨리고 있기를 바랐나요? 내 심장에 박힌 루비처럼 영롱한 씨앗들을 보세요. 생채기 하나 없이 고혹적인 나의 속살도. 첫 만남 때 흡족해하던 당신 얼굴을 기억합니다. 그날 이후 지금까지 나의 존재 이유는 오직 당신의 기쁨을 위한 것이었습니다. 그런데 지금 그 표정은 무엇인가요?

 실망으로 말하자면 나도 당신 못지않습니다. 당신을 처음 본 순간 우아하게 우리를 대접해줄 주인을 만났구나, 자못 기대가 컸지요. 웬걸, 당신은 우릴 싸구려 플라스틱 화병에 집어넣더군요. 한 사흘 오가며 눈길을 건네는가 싶더니 그도 시들해졌는지 며칠째 곁을 주지 않았어요. 섬세한 신경을 가진 생화는 지레 시들었고 갈아주지 않은 물에는 이끼가 끼기 시작했지요. 꽃에게 시듦은 죽음과 동의어입니다. 고왔던 빛은 진갈색으로 변해갔어요. 숨기운 가진 꽃들의 종말이 이러한가 싶으니 허망했지요. 무심한 주인을 위해 그리 애써 단장했더란 말인가, 서글펐습니다.

친구들의 주검 속에서 나는 혼자 아리따웠고, 적이 민망했답니다. 당신의 눈길이 잦아지고, 그 눈길에 귀애함이 더해갈수록 친구들 생각으로 마음이 울적했어요. 종일 비가 부슬거리던 날, 당신이 내게 다가왔어요. 지독한 난시인 당신은 잔뜩 미간을 모으고 나를 주시했어요. 어떻게 안 죽고 여태껏 살아 있나 싶은 눈치였지요. 그러더니 물을 갈아주었어요. 약간의 가책을 느낀 듯한 표정이었죠. 여전히 내 존재에 대해선 손톱만큼도 의심하지 않는 것 같았어요.

정확하게 사흘 뒤, 당신은 다시 나를 찾아왔습니다. 고개를 갸웃거리며 내 가슴에 코를 들이대고, 냄새를 맡고 또 손으로 내 살을 문질렀어요. 그제야 당신은 내가 영원히 시들지 않는 꽃임을 알아채고 어처구니없다는 듯 노려보았어요. 이어 야멸치게 나를 쓰레기통에 던져버렸어요. 비록 물物과 인人의 관계이나 얼마의 연민쯤 없지 않으리라고 기대했는데, 하필 생애 첫 인연이 이렇듯 몰인정하게 끝나다니 허망하기 짝이 없었지요.

사물이 사유하는 방식대로 묻겠습니다. 사물의 세계엔 높고 낮음이 없습니다. 당신이 왜 화가 났는지 알고 싶어요. 원래 당신이 선택한 건 생화였다고 주장하고 싶은가요? 내가 본 바 당신은 생화에 대한 애정이 각별한 것 같지도 않았어요. 무엇보다 난 속일 의도가 전혀 없었어요. 그건 내 권한 밖의 일이었죠. 난들 미운 오리 새끼처럼 혼자 섞이는 게 좋았겠어요. 생화 속에 날 섞은 건 애초 당신네 인간들이에요. 곱절로 남겨먹는 걸 좋아하는 얄팍한 속셈 때문이었다고요.

억울한 건 도리어 나예요. 난 누구보다 꽃의 명분에 충실했고, 당신의 무관심에도 한결같이 당신 눈을 만족시키기 위해 노력했어요. 근 스무 날이 지나도록 당신도 내가 조화란 생각은 추호도 하지 못했어요. 그만큼 내가 생화에 비해 손색이 없었다는 의미잖아요. 그런데 어찌 그렇게 한순간에 마음이 변할 수 있나요?

내 보기에 인간들은 불멸에 대한 소망을 가지고 있어요. 나야말로 영원을 꿈꾸는 당신들의 소산 아닌가요? 난 시들지 않는 아름다움, 반영구적인 내구성 물질, 최대효율의 경제적 가치, 나노 단위로 변화하는 세상에서 한결같음의 미덕까지 갖춘 완벽한 존재예요. 당신들 욕망의 소산인 나를 가짜 취급하는 것은 모순 아닌가요? 당신이 사랑한 아름다움의 실체가 뭔지 궁금하군요. 진짜 꽃이 아니라 그 이름에 덧칠해진 이미지의 허상은 아니었던가요? 그 기만적인 허상을 진짜인 양 착각한 당신이야말로 가짜 아닌가요?

들고 보니 제대로 꽃을 아낄 줄도 모르면서 진짜 가짜만 따진 셈이 되었군요. 내가 화가 났던 건 감쪽같이 속았다는 사실도 그렇지만 마음을 기만한 눈의 맹목적인 믿음 때문이었어요. 이미지의 허상을 사랑한 것 아니냐는 그대의 비난을 데꺽 물리치지 못한 까닭이 거기 있지요. 조화와 달리 숨기운을 가진 것들엔 그들 스스로의 성장의 역사가 있답니다. 그 역사에 따라 본질이 구성되고 가치가 결정되곤 하지요. 외양의 아름다움 못지않게 그것이 지닌 본질에 접근하는 것은 꽤 고상한 쾌락이랍니다. 그 쾌락을 위해 인간들은 적지 않은 비용을 지불하기도 하지요. 때때로 속물적인 근성이 호불호를 좌우하는 건 사실이나 전부 그렇다고는 할 수 없어요. 하지만 인간은 여전히 본질적인 쾌락 추구와 경제적 효율 사이에서 오락가락하는 모순적인 존재라는 점은 인정해야겠군요. 그 때문에 그대와도 인연을 맺게 된 것 아닐까요. 모쪼록 가짜라는 낙인만큼은 거두어주길.

벼랑 끝에 피는 꽃

철길이 흐르는 마을

군산 경암동은 작년만 해도 화물을 실은 기차가 하루 몇 번씩 오가던 철길마을입니다. 들창 밖으로 팔을 뻗으면 기차가 손끝에 닿는 거리였다지요. 철길 옆 주민들은 기차가 지나는 시간에 맞춰 내놓았던 물건들을 안으로 들여야 했답니다. 어쩌다 그 시간을 잊는 날엔 화분이며 빨래, 내널었던 나물이 모두 공중부양 되었겠지요. 지축을 흔드는 기적 소리에 잠이 깨고 잠이 들었던 시간들은 이제 옛이야기가 되었습니다. 민들레 홀씨처럼 뿌리 내리고 살다 더러는 이사를 가고 몇몇은 남아서 철롯길의 삶을 이어갑니다. 녹슨 철계단엔 담쟁이가 기어오르고 얼기설기 플라스틱 패널로 엮은 담벼락 아랜 철 늦도록 감국이 피어 있습니다. 다양한 색의 벽마다 덧창, 빨랫줄, 마른 나물, 낡은 고무장갑에 열쇠 꾸러미까지 한데 어우러져 율동 넘치는 삶의 풍경을 만들어냅니다. 그 한가운데를 철길이 직선으로 흘러갑니다. 등 굽은 할아버지가 폐지를 부려놓고 빈 리어카를 의지해 돌아오는 저녁, 골목 바람은 사정없이 야멸찹니다. 구경거리라도 되는 양 카메라를 둘러메고 오는 외지 사람들이 반가울 리 없습니다. 마당도 없이 허접한 살림이 들여다뵈는 외주물집은 보는 이에겐 향수일 수 있지만 사는 이에겐 부끄러움일 수 있습니다. 가진 것으로 존재가치를 인정받는 자본주의 사회에서 가난은 주눅 드는 일입니다. 공자는 정명正明, 누구나 자기 선 자리에서 군자일 수 있다고 했지만 아무나 터득할 수 있는 경지는 아니지요. 렌즈를 들이대기 전에 먼저 마음을 가다듬습니다. 눈이 아니라 마음으로 풍경을 읽고 싶어서입니다. 삶이 이어지는 한 철길은 살아 있고, 실존의 풍경은 언제나 존엄한 것이라 믿습니다.

벽화

빨래가 춤을 춥니다. 하늘처럼 푸른 벽이 무대입니다. 물구나무 선 윗도리 쭉 내리뻗은 아랫도리 삐딱하게 걸린 티셔츠에 모처럼 개운한 표정의 하얀 수건이, 골목바람 장단 삼아 너울너울 춤을 춥니다. 무거운 짐 부려놓고 후여 후여, 날아가고 싶은 건 아닐까요. 제 몸을 줄에 구속한 주인이 야속할 테지만 줄이야말로 마음껏 춤출 수 있는 안전띠인지 모릅니다. 뚜껑 대신 돌을 머리에 인 항아리도, 얼룩얼룩 페인트로 분칠을 한 항아리도 오늘은 기우뚱기우뚱 몸이 흥겹습니다. 공간의 칠 부쯤을 완만하게 가로지른 줄, 중심을 비켜 세로로 알맞게 공간을 분할한 연통과 부엌문, 제법 균형이 느껴지는 구성입니다. 더 이상 제 구실을 못 하게 된 수도꼭지와 그 옆에 아무렇게 굴러다니는 낡은 플라스틱 접시까지 삶의 희로애락이 묻어나는 허접한 풍경마저 그럴싸한 소품입니다. 흔히 그러하듯 삶의 풍경 안쪽은 조각조각 치열한 일상의 모자이크일 터입니다. 어둑한 바라지 안쪽의 세월도 결코 녹록지는 않았겠지요. 저 풍경을 살아 있게 하는 것 역시 사물 너머에 존재하는 인간실존의 뜨거움이 아닐까요. 진솔한 삶의 냄새가 삐져나오는 풍경들에는, 세련되고 매끄럽게 치장한 아파트 벽면에선 느낄 수 없는 친근감이 있습니다. 시멘트 바닥은 갈라지고 새시문은 세월만큼 낡아 삐거덕거리지만, 기차도 흥청거림도 떠난 경암동 철길골목은 비로소 고즈넉하게 제 숨을 고르고 있습니다.

장간

철길 옆 바람모지에 고만고만한 항아리가 참하게 줄을 서 있습니다. 항아리가 저만큼 반질반질하려면 적어도 하루에 한두 번은 닦아줘야 합니다. 쓸모에 알맞은 크기에다 저 정도 숫자면 한국의 재래식 장은 종류대로 갖춰져 있을 게 틀림없습니다. 예전에 장독대는 그 집안 살림의 규모와 안주인의 손맛을 가늠케 하던 공간이었습니다. 요즘은 장독대를 갖춘 집을 만나기가 어렵습니다. 뒤울안에 한자리를 차지하던 장독대는 이제 화려한 치장을 한 김치냉장고로 변신하여 주방의 한쪽을 장식하고 있습니다. 질박한 항아리의 운치는 사라지고 손잡이 달린 플라스틱의 실용성이 압도하는 시대가 된 것이지요. 짐작건대 이 장간의 주인장은 모도리에 나이 꽤 지긋한 분일 것입니다. 그렇게 추정하는 유력한 단서는 문 앞에 놓인 슬리퍼입니다. 시골장터에서 흔히 볼 수 있는 신발이지요. 노인들에게 가격과 실용성에서 그만큼 부담 없는 신발도 없을 것입니다. 또, 미닫이문을 열고 들어가면서 저렇게 가지런히 신발을 벗어 놓으려면 따로 마음을 써야 합니다. 성질 급한 젊은 사람들에겐 쉽지 않은 습관이지요. 소주병도 아무렇게 나뒹굴지 않습니다. 담배꽁초가 담겼을 합보시기 역시 정갈합니다. 애환이 있되 그 애환을 천박하게 드러내지 않는 절제가 느껴진다고 할까요. 소박하나 누추하지 않은 살림의 이력을 보여주는 듯합니다. 장 맛 역시 분위기만큼이나 칼칼하고 맛깔스럽지 않을까 싶습니다. 무연히 찾아든 철길마을, 정체불명의 향취에 군더더기 투성이인 내 삶이 돌아보이는 게 어찌 우연이겠습니까. 바장이는 겨울 햇살의 재촉을 받으며 철길마을을 떠납니다.

벼랑 끝에 피는 꽃

어릴 적 미술 시간에 그렸던 우리 집이 생각납니다. 맨 처음 세모 아래 네모를 받쳐 그립니다. 오른쪽 지붕에 굴뚝을 얹고 벽에 창문도 하나 그려 넣습니다. 담 없는 마당가엔 족보를 알 수 없는 온갖 꽃들을 그려 넣습니다. 마지막으로 두 팔을 허수아비처럼 양쪽으로 뻗은 엄마 아버지 그리고 두 동생을 그려 넣으면 비로소 행복한 우리 집이 완성됩니다. 생각해보면 집은 우리가 나고 자라고 뿌리내린 공간이 었습니다. 어른이 되어서도 어릴 적 그 집을 꿈꿉니다. 쉰을 넘어가는 나이에도 정서는 고향의 그 집을 떠나지 못하고 있는 것입니다. 뜨내기처럼 떠도는 길가상이집 사람들은 어떤 꿈을 꿀까요? 집의 내력을 지니기도 전에 길 따라 모였다 길 따라 흩어지는 정처 없는 삶. 그래도 '꽃은 벼랑에서 핀다.'는 어느 시인의 말을 믿고 싶습니다. 소박함의 범주에도 들지 못하는 철길마을의 풍경이 끝내 누추하지 않은 것은 집집에서 전해지는 따뜻한 온기 때문입니다. 그 온기야말로 벼랑 끝 생을 꽃피게 하는 힘이 아닐는지요.

딱총 소리

선생이 호루라기를 불며 딱총을 치켜들었다. 순간 어지럼증과 함께 맥없이 무릎이 꺾였다. 몸을 추스를 사이도 없이 딱총소리가 울리고 뜀박질이 시작되었다. 아이들은 저만큼 달아나고 얼이 빠져 있던 나는 뒤늦게야 출발했다. 나의 긴 다리도 꼴찌의 불운을 면하게 해주진 못했다.

그 후 딱총소리는 나도 모르게 경쟁의 기호로 자리 잡았다. 생각만 해도 당시의 긴장과 압박감이 고스란히 떠올랐다. 어쩌면 그때부터 나는 경쟁에 대한 극도의 알레르기 현상과 함께 지레 포기하는 습관이 배었는지 모른다. 자라면서 종종 음전하단 말을 들은 것도 그와 무관하지 않을 것이다. 반골적인 기질이라곤 없이 고분고분했다. 어찌 보면 음전함은 내게 소극적인 자기 방어의 한 방편이었을 수 있다.

애당초 경쟁 상대가 되지 않는다는 것을 암시함으로써 자기 보호를 유도하려는 심리는 아니었을까.

어느 날 친구가 매사에 물러서기만 하는 나를 보고 호되게 쓴소리를 했다.

"넌 왜 늙지도 않아서 늙은 티를 내냐? 착한 척 하는 거, 그거 사실은 비겁한 거야. 왜 그러고 사냐? 좀 나쁜 사람이란 소릴 들으면 어때? 맞장 뜬다는 거, 단지 이기고 지는 문제가 아냐. 니 존재, 니 정체성을 지키는 일이라구. 음전한 짓은 식구들한테나 해. 세상에 나가선 좀 전투적이 되란 말야. 넌 자존심도 없냐!"

친구는 속사포처럼 말을 쏟아 붓더니 전화를 끊었다. 마지막 말이 비수처럼 가슴을 찔렀다. 돌이켜보면 불가불 맞대결을 해야 할 경우에도 나는 물러섰다. 이기고 지는 것이 무슨 의미가 있느냐며 미리 전의를 접었다. 내가 져서 여럿이 편하다면 그것도 장한 일 아니냐고 자위했다. 마치 상대를 위해 져 준 것처럼 생색을 냈지만 사실은 정면 대결의 스트레스를 회피한 것에 지나지 않을 수 있었다. 친구의 혹독한 질책을 받고서야 퍼뜩 정신이 들었다. 그것은 단순히 경쟁의 문제가 아니라는 것, 양도할 수 없는 자신의 권리를 포기함으로써 정체성마저 흐리게 하는 치명적 약점일 수 있다는 것을.

경쟁의 대상에는 경계가 없다. 쌍둥이형제인 야곱과 에서도 어머니의 태 안에서부터 다투었다. 먼저 나온 에서는 형이 되었고 악착같이 그의 발꿈치를 잡고 나온 야곱은 동생이 되었지만 장자의 권리를 빼앗음으로써 끝내 형을 이겼다. 인기 있는 드라마의 중심 내용 역시 수단 방법을 가리지 않는 경쟁과 그로 인한 갈등이 대부분이다.

문제는 경쟁이 공평하지 않다는 데 있다. 똑같은 선상에서 출발한다고 하지만 사실은 똑같지 않다. 사람들의 조건이 각각 다르기 때문이다. 누구는 등수 안에 들고 누구는 등수 밖으로 밀려나게 되어 있다. 등수는 인간의 조건에 경계를 만들고 그 경계는 상대적 박탈감을 조성한다. 사람들은 등수 안에 들기 위해 필사적으로 경쟁한다. 나는 일찌감치 경쟁을 포기하고 등수를 반납했다. 그리고 등수 안에 들지 못한 열등의식을 관용과 초연으로 위장하며 살았다.

친구의 지적은 비루해진 자존감의 실체를 확인하게 해주었다. 나도 모르게 변명거리를 찾고 있었다. 유전 혹은 환경적인 요인들을 추적하며 자신을 정당화하려고 애썼다. 그러나 정당화하면 할수록 자존감은 더욱 초라해졌다. 스스로 도울 의지가 없는 인생을 누가 도와줄 것인가. 있는 그대로의 자기를 인정하고 받아들이는 것, 굳이 그것을 '척'으로 위장하지 않는 것, 만인의 연인이 되기를 꿈꾸기보다 자신의 감정에 솔직하고 당당한 사람이 되는 것, 그것이야말로 진정한 경쟁력이라는 것을 깨달았다.

세상은 여전히 경쟁을 부추기는 딱총소리로 요란하다. 덕분에 인류는 문명이라는 거대한 피라미드를 쌓아왔다. 동시에 그것만이 살

길이라는 듯 달려가다 부나비처럼 스러진 인생도 허다하다. 피라미드를 떠받치는 힘은 절대다수의 등외인等外人일 것이다. 그럼에도 그들은 문명의 혜택과는 거리가 먼 삶을 살고 있다. 이것이 딱총 소리의 기만적인 속사정은 아닐까. 이제 나는 자발적 등외인으로 살 것이다. 반납한 등수에 미련은 없다. 더 이상 내 인생의 위장세입자로 사는 일도 하지 않으리라. 먼 길을 돌아 비로소 제나에 닻을 내린다.

*제나: 제 것으로서의 나.

입석立席

 매진이라니, 낭패였다. 내 표정이 딱했는지 매표소의 아가씨가 입석이라도 괜찮겠느냐고 물었다. 막차였으므로 선택의 여지가 없었다. 아니, 집으로 돌아갈 수 있게 되었다는 사실만으로도 마음은 이미 귀빈석을 차지한 것처럼 여유로웠다.

 출발 시간까지는 사십 분 이상 남아 있었다. 승차 홈에는 벌써 입석을 기다리는 두 사람이 줄을 서 있었다. 예매를 해 놓고 간혹 타지 않는 좌석을 차지하기 위해서였다. 맨 앞의 청년은 스마트폰에 시선을 꽂은 채 바쁘게 타전 중이었고, 두 번째 중년의 남자는 술 냄새를 풍기며 게슴츠레한 눈빛으로 나를 흘깃거렸다. 서서히 기별을 전해 오는 배뇨욕구 때문에 불안했으나 자리를 떠날 수가 없었다.

 실없이 눈길을 보내던 중년의 남자가 말을 걸었다.

"당진 가시나봐요?"

"네."

"당진 분이 아니신 것 같아요."

나는 대꾸 없이 스마트폰을 만지작거리며 오지도 않은 문자를 확인하는 체했다. 반응을 살피던 남자는 무안한 듯 공연히 주머니에 넣었던 손을 꺼내 비볐다.

이틀간의 고된 여정에다 뱃멀미까지 겹치는 바람에 컨디션은 그야말로 바닥이었다. 찬바람 속에 우두커니 서서 기다리는 사십 분은 이런 상상에 저런 공상을 보태도 쉬이 죽여지는 시간이 아니었다. 별다른 흑심 없이도 옆 사람에게 말을 붙여보고 싶을 만큼 무료할 성싶었다. 나 역시 야심한 시각 터미널에서 혼자 버스를 기다리는 여자에게 거는 남자들의 수작이 뻔한 것이라 해도 그쯤 이해 못할 나이는 아니었다. 여행은 결국 사람과의 만남이고 그로 인해 더 역동적일 수 있다고 믿는 쪽이었다. 남자가 술에 취하지만 않았어도 성실하게 대꾸를 해 주었을 것이다.

시간이 임박하면서 버스의 좌석이 채워지기 시작했다. 출발 일 분 전에야 검표원은 빈 좌석을 확인하기 위해 버스 안으로 들어갔다. 입석에도 황감했던 내 마음은 슬그머니 빈자리에 대한 욕심으로 부풀어 있었다. 뜸을 들이던 검표원은 버스를 다 내려와서야 표를 달라고 손을 내밀었다. 맨 앞에 섰던 청년이 날렵하게 버스로 올라가고,

뒤에 섰던 중년의 남자가 표를 찾느라고 주머니를 뒤지는 사이 내가 먼저 버스에 올랐다. 맨 앞 좌석이 비어 있었다. 기대치 않았던 상석에 앉게 되자 나도 모르게 탄성이 튀어나왔다.

애들처럼 좋아하는 나를 보고 옆 좌석의 아가씨가 "다행이시네요.", 하며 웃었다. 내 뒤를 따라 느리게 올라온 중년 남자는 부럽다는 말투로 "어우, 앞자리에 앉으셨네요." 했다. 어쩌면 남자가 먼저 차지했을지도 모를 자리였다. 난 남자를 향해 빙긋 웃어 주었다. 새치기의 대가치곤 너무 염치 없는 짓이었으나 아직도 가라앉지 않은 뱃멀미 탓이라고 변명했다. 천만다행으로 막차를 탔고 행운처럼 상석에 앉아 가게 되었으니 좀 뻔뻔해 보인들 대수랴.

평소 소심한 성격 탓에 철두철미하게 사전 준비를 하는 편이었다. 예기치 못한 상황에 순발력 있게 대처하지 못하는 자신에 대한 방어책이기도 했다. 그러나 세상일은 확실히 예측 불가능이었다. 예상보다 버스는 막차까지 일찍 매진되었고 나는 대책 없이 낯선 도시에서 혼자 하룻밤을 묵어야 할지도 모른다는 두려움과 피로감에 휩싸였다. 그러다 고속버스에도 입석이 가능하다는 안내원의 말을 듣고 또 한 번 희비가 엇갈렸다.

설사 막차를 놓치게 되었다고 해도 큰일은 아니었다. 고비용에 번거로움이 따르긴 해도 갈 수 있는 방법이 아주 없지는 않았으므로. 최악의 경우 하룻밤 묵어간다 해도 그 또한 색다른 경험의 즐거움으로 받아들이면 될 일이었다. 상당한 긴장과 불안을 대가로 지불하게 되겠지만 그로 인해 얻어지는 다양한 자극들은 완고한 틀에서 나를 벗어나게 하는 계기가 될 수 있지 않겠는가. 무엇이 그리 불안하고 두려웠던가. 문제는 오로지 자기가 그린 그림대로 일이 진행되기를 바라는 안락하고 안이한 일상에 길들여진 자신이었음을 확인할 수 있었다.

생각해보면 인생 자체가 입석 아닌가. 거의 모든 사람들이 죽을 때까지 동동거리며 살고, 인생이란 열차에서 안락한 좌석을 차지하고 앉아 가는 사람도 극소수이며, 그들도 언젠가는 내려야 한다는 점에서 영원히 보장된 좌석이라고는 할 수 없을 터였다.

대부분의 고통이 상상적 고통이라는 말은 과언이 아니었다. 일어나지도 않은 일을 미리 상상하며 순간순간 희비가 엇갈렸던 일을 생각하니 얼뜨기 짝이 없는 내 바닥이 들여다보여 편하게 웃을 수만은 없었다. 마음먹기 따라 인생이란 그렇게 심각하지도 절망적이지도 않다는 걸 깨닫게 해 준 입석이야말로 이번 여행의 백미이지 싶다.

착각

길은 꾸역꾸역 산 속으로 숨어드는데 절은 좀체 모습을 드러내지 않는다. 짧은 늦가을 해는 산등성이에서 바장대고 숲은 하마 어둑하다. 이 해거름에 절에까지 찾아가야 할 절박한 사연이 있는 것도 아니건만 마음이 조급하다. 이정표를 따라 무작정 흘러든 길, 불현듯 떠오른 백련사白蓮寺 여승 이야기가 아니었다면 무심히 스쳐 지났을 곳이다.

어느 겨울, 독실한 불교신자였던 지인은 작정한 바 있어 홀로 백련사엘 가게 되었다고 한다. 도착한 시간은 새벽 5시. 사위가 캄캄한데 희미하게 불이 밝혀진 곳이 있었단다. 조심스레 문을 열어보니 비오듯 땀을 흘리며 절을 올리는 젊은 여승이 있더라나. 그 모습이 하도 간절하여 자기도 모르게 같이 무릎을 꿇게 되었단다. 날이 밝아오도록 여승의 절은 끝나지 않았고, 지인은 자기의 소원 대신 여승의 복을 빌어주며 그곳을 떠나왔다고 한다.

얼굴도 모르는 젊은 여승을 떠올리며 연민에 젖는다. 설한의 새벽, 온몸이 땀에 젖도록 오체투지의 절을 올리는 그 심정을 헤아린다. 몸과 마음과 혼을 다해 꿇어 엎드려도 끝내 다스려지지 않는 욕망이란 얼마나 완고한 주인인가. 절이란 자신을 향한 정직한 반성 같은 건지도 모른다. 누군가의 그런 순정한 다짐과 마주하면 주책없이 마음이 흔들린다.

가파른 산길을 두 굽이나 넘고 다시 휘어 돌아가는 언덕길을 오를 때다. 천천히 산을 내려오는 젊은 여승이 있다. 먼 데 산을 바라보며 한가롭게 걷는 양이 볼 일이 있는 외출은 아닌 듯하다. 옷매무새며 표정이 조신하다. 차를 세우고 백련사 가는 길을 묻는다. "오 분 정도만 가면 돼요." 목소리가 차분하다. 속도를 늦추고 백미러를 통해 그녀를 지켜본다. 걷다 서다를 반복하며 여전히 느린 걸음이다.

혹시 지인이 말하던 그 여승일지도 몰라. 나는 아예 내려서 말을 건네고 싶은 충동을 느낀다. '승려와 속인, 선택의 차이일 뿐이다. 섣부른 연민은 주제넘은 우월감이다. 이심전심으로 통하는 호의로 족하다. 또 다른 삶의 모습으로 자연스럽게 바라보는 것이 그녀에 대한 진정한 예우 아니겠나.' 나는 부질없이 부풀어 오르는 연민과 호기심을 그렇게 다독인다.

그녀의 말대로 오 분이 채 되지 않아 백련사에 도착한다. 절은 산속 깊이 숨어 앉은 모양새다. 최근에 건물을 새로 지은 듯 주변이 어수선하다. 아무래도 이상하다. 지인의 말에 의하면 백련사는 아주 오래된 절이고 가까이 바다가 있다고 했었다. 혹 같은 이름을 지닌 다른 절? 그제야 강진에도 백련사가 있다는 말을 들은 기억이 난다. 때로 착각이란 얼마나 굳건한가.

착각에 관한 나의 이력은 다채롭다. 금촌에서 신촌까지 기차로 통근을 하던 때였다. 그때 나는 이십 대의 우울한 몽상가에 책벌레였다. 니체의 짜라투스투라에 열광했고, 톨스토이의 참회록을 성경처럼 끼고 다니기도 했다. 그 푸른 나이에 나는 책 속에서 겉늙어 있었고, 이성에 대해서는 무딘 시간을 보내고 있었다.

그날 나는 흔들리는 기차 안에서 톨스토이의 참회록을 읽다 말고 깊은 생각에 빠져들었다. 나도 그처럼 살아야 할 절실한 이유를 찾고 있었다. 목적지에 도착해서 누군가 나를 흔들 때까지 생각에서 빠져나오지 못하고 있었다. 두꺼운 뿔테 안경을 쓴 청년이 심각한 표정으로 나를 내려다보고 있었다. "신촌역이에요?" 나는 얼떨결에 그가 잡아 이끄는 대로 기차에서 내렸다. 남자는 플랫폼을 다 빠져나가도록 내 팔을 놓지 않았다. 더럭 의구심이 일었다. '치한이 틀림없어.' 나는 다짜고짜 남자의 뺨을 후려쳤다. 그는 당황한 표정으로 잠시 바라보더니 차분한 어조로 말을 꺼냈다.

"뭘 착각했나 봅니다. 난 이 근처 병원에 인턴으로 근무하는 사람이고, 그동안 신촌으로 통근을 하면서 여러 번 책을 읽고 있는 댁을 보았어요. 굉장히 몰입해서 읽더군요. 그런데 오늘은 느낌이 심상치 않았어요. 얼굴빛을 보니 간도 무척 안 좋은 것 같고 꼭 무슨 일을 저지를 사람 같았죠. 왠지 그냥 지나치면 안 될 것 같았어요. 불쾌했다면 이해하세요. 그럼 이만 가보겠습니다."

정중하게 인사를 건넨 뒤 남자는 돌아섰다. 나는 한마디 말도 못한 채 횡단보도를 건너가는 남자를 물끄러미 바라보았다. 차라리 화를 낼 일이지. 착각의 대가로 나는 오래도록 그에 대한 감정의 부채를 짊어져야 했다.

혼자 부풀리고 궁굴렸던 여승에 대한 추측과 더불어 자못 엄정하게 스스로를 꾸짖고 다독였던 순간을 떠올리니 피식, 웃음이 나온다. 착각 속의 상상누각은 허망하지만 이 또한 추억이 아니랴.

서둘러 절을 내려오는데 올라올 때 보았던 여승을 다시 만난다. 손에 꺾은 구절초를 들고 있다. 차창을 내리고 말을 건넨다. "행복하세요." 여승은 합장으로 인사를 대신한다. 그늘이 없어 보이는 맑은 얼굴이다. 지인이 했던 것처럼 내 행복 대신 그녀의 행복을 빌어주며 산을 내려온다. 어느새 산 아래 마을은 한밤중이다.

칠갑산 기행

칠갑산 천장호로 가는 길에 벚나무 꽃눈이 한껏 부풀었다. 지난밤 폭설에도 전혀 움츠러든 기색이 아니다. 눈은 한나절 햇발에 허망하게 녹아내리고, 설경을 카메라에 담으려던 기대도 속절없이 무너진다.

천장호의 물빛은 푸르고 주변의 산세는 적당히 온화하다. 호수를 가로지른 출렁다리가 칠갑산 주봉과 연결되어 있다. 다리의 총길이는 207m, 폭 1.5m로 중심부에서는 30~50㎝까지 출렁임을 느낄 수 있다.

어떤 이는 굳이 시선을 다리 아래 두고 무섭다고 비명을 지른다. 제대로 서서 걷지도 못하고 엉금엉금 기는 자세다. 일행의 부축을 받고 간신히 다리를 건넌 그녀는 땅 위에서는 아무도 자기를 당할 수 없을 거라며 큰소리를 친다. 다리는 웬만한 폭격에도 무너지지 않을 만큼 견고하다. 공포는 다분히 상상적인 것, 다리보다 마음이 먼저 출렁였을 테다.

누군가 벌써 길을 내놓았다. 발자국은 눈길 위에 찍힌 고마운 이정표다. 자국이 깊어지면서 쌓인 눈이 녹고 흙길은 질척해진다. 눈석잇길 등산은 한겨울보다 더 미끄럽다. 후들거리는 다리에 힘을 주어가며 밧줄을 잡고 가파른 등성이를 오른다. 호흡은 짐승처럼 거칠어지고 심장의 펌프질 소리는 급박해진다. 몸을 떠받치는 생명의 안간힘. 나는 얼마나 무심한 주인이었던가. 살면서 처음 몸에 대한 연민을 느낀다.

오직 눈앞의 한 걸음에 숨을 집중하여 걷는다. 그 한 걸음이 재를 넘고 골짜기를 건넌다. 눈이 재기만 하는 동안 다리는 등성이를 넘는 것이다. 육체가 곤할 때 생각은 알아서 고분고분하다. 마침내 몸도 나我도 사라진 무심의 경계에 이른다. 산이 거기 있어 산에 오른다는 말을 나는 좋아한다. 무심결에 이루어지는 산과의 교감을 표현하고 있기 때문이다.

오르락내리락 가쁜 숨을 고르며 칠갑산 장곡사長谷寺로 접어든다. 장곡사는 다른 가람에서는 볼 수 없는 상, 하 두 개로 이루어진 대웅전을 가지고 있고, 국보와 보물로 지정된 문화재가 다섯 점이나 있는 천 년 고찰이다. 일주문을 지나 경내에 들어서면 수령 850년의 괴목이 시선을 압도한다. 속이 파이고 반쯤 고사 상태지만 잔가지만으로도 능히 절의 앞뒤를 호위할 만큼 우람하다.

운학루雲鶴樓. 절에선 보기 드문 현판이다. 앞쪽은 남향으로 마주 열리는 형식의 창문을 내어달고 누각 아래쪽엔 기둥을 높이 세워 시야가 트이도록 지었다. 금욕 생활을 하는 수도 도량에서 풍류를 느끼게 하는 현판을 보게 되다니 뜻밖이다. 하기야 아흔아홉 깊은 골에 산자수명한데 운학인들 쉬어가지 않으리.

기척 없이 고요한 절간에 승방 추녀 끝 낙수 소리가 요란하다. 혼자 기웃대다 돌아서는데 발끝에 갓 피어난 쇠별꽃이 아이처럼 웃고 있다. 사소하고 사소하게 흔들리는 마음. 상대웅전 연화무늬 위에 무심으로 앉은 이여, 공空의 개념이 무엇인지 나는 모르오. 다만 아직 이승에서 뜨겁게 살고 싶을 뿐.

날이 맑으니 그림자가 선명하다. 길가에 드리워진 벗나무 그림자를 밟으며 장곡사를 내려온다. 맨땅에 대고 카메라 초점을 맞추니 길을 가던 이가 무얼 찍느냐고 묻는다. "그림자."라는 내 대답에 의아한 표정을 짓는다. 그냥 웃고 말 걸. 내 대답은 너무 고지식하다. 설경만은 못하겠지만 그림자 사진도 괜찮다. 설경은 아침나절 동영상으로 마음에 담아두었으니 두고두고 떠올려볼 수 있을 것이다.

4부 떠나지 못하는 사람들

누구의 죄입니까?
의자왕 가라사대
떠나지 못하는 사람들
소금꽃장수
악의 평범성에 대한 경고
어느 식물인간의 눈빛에 부쳐
강남에 살으리랏다
불씨
어느 편이냐고 묻는다면
가시
두 얼굴

누구의 죄입니까?

　굳게 닫혔던 윗방 문이 열렸다. 반 자 남짓 열린 문 안으로 벽 한쪽을 모두 채운 책장이 들여다보였다. 낡은 책장에는 금박을 입힌 두꺼운 법전들이 빼곡하게 꽂혀 있었다. 책의 귀퉁이는 허물어져 있었지만 '법'자를 장식하고 있는 금박의 위압감만은 여전했다. 오래전에 떠나고 없는 윗방 주인의 영화를 대변하는 듯싶었다.

　김 할머니는 문을 등진 자세로 책장 서랍을 뒤적였다. 누렇게 바랜 책갈피를 후르르 넘겨보기도 했다. 아까부터 무언가 찾고 있는 눈치였다. 거들어드리겠다는 나의 제의도 거절한 채 할머니는 한동안 그렇게 윗방에 머물러 있었다. 마침내 가쁜 숨을 몰아쉬며 엉덩이 걸음으로 방을 나온 할머니의 손에는 빛바랜 사진 한 장이 들려 있었다.

사진 속 여인은 오십 중반쯤 되어 보였다. 새카만 파마머리에 제대로 구색을 갖춰 입은 투피스 차림이었다. 눈매며 입가에 칼칼한 성질이 그대로 드러나는 야무진 인상이었다. 할머니는 젊었을 적 당신의 모습이라며 쓸쓸하게 웃었다.

　"그땐 내가 이렇게 몸이 좋았어. 허벅지 하나가 이만했지. 진작 시집이나 갈 걸. 생각할수록 억울해."

　그때 뒤울안 대나무 숲에서 산비둘기 울음소리가 들려왔다.

　"훠이, 훠이! 난 저 소리가 싫어. 영감이 그년을 따라 떠나던 날도 저리 울어대더니만."

　어디 그런 기운이 숨어 있었나 싶게 카랑카랑한 목청이었다. 할머니는 안으로 오그라진 입술을 더욱 앙다물었다. 이어 마당의 해가 설핏하도록 가슴속의 한 맺힌 이야기를 쏟아내었다.

　"영감이 그년을 만나기 전까진 동네에서 알아주는 부자로 살았어. 농사도 많이 지었지만 영감이 꽤 높은 관직에 있었거든. 그런데 언젠가부터 외박이 잦아지더라고. 처음엔 이리저리 둘러대더니만 나중엔 아예 살림을 따로 차리겠다고 나서더군. 속내를 캐보니 붙여시 같은 다방 여자를 하나 사귀었더라고. 말이 떨어지기 무섭게 서울로 살림을 내더니 해마다 땅을 팔아가는 거야. 몇 년도 안 돼서 가진 땅을 모두 팔아 거덜내고는 빚까지 지기 시작했지. 영감은 애들 셋에 시부모 그리고 빚까지 모두 내 손에 맡긴 채 한참을 나타나지 않았어. 기가 막히더군. 당장 먹고 사는 일에 허덕이다보니 울고불고 할 겨를도 없었어. 한숨 돌리고 보니 27년이란 세월이 흘렀더군. 그러던 어느 날 영감이 병들어 집으로 돌아왔어. 난 독이 오를 대로 오른 악바리 할멈이 되어 있었고 영감은 다리를 절뚝이는 반병신이 되어 있었지. 단물을 다 빨아먹고 나올 게 없으니 그 여우 같은 년이 영감을 내친 거야. 난들 영감이 반가웠겠나. 당장 내치고 싶었지만 애들 때문에 차마 그러지 못했어. 그 지경에도 영감은 당당했어. 윗방을 차지하고는 날 종 부리듯 했지. 어느 날은 바느질을 하고 있는데 다짜고짜 빗자루로 내 정수리를 내려치더라고. 가만히 앉아 맞고 보니 그렇게 분할 수가 없는 거야. 부엌으로 들어가는 영감의 머리채를 휘어잡고 냅다 뺑뺑이를 돌렸지. 손을 놓으니까 털썩 쓰러지더라고. 작정하고 덤비면 약골 영감이 날 당할 수 있간? 그 후 다시는 손찌검을 하지 않더군. 한집에 살긴 해도 남처럼 데면데면 살았어. 영감이 그럴 기력도 없었겠지만 곁에는 얼씬도 못 하게 했어. 십 년을 골골 속을 썩이더니 끝내 저세상으로 가버리더군. 왜 진작 시집도 못 가고 이렇게 앉은뱅이가 되도록 몸만 부리고 살았는지 몰라…."

할머니의 거적눈에서 눈물이 흘러내렸다. 나는 말없이 할머니의 북두갈고리손을 잡았다. 젊어 27년 동안 버림받고 노년에 또다시 혼자가 된 여인. 몸은 이제 타인의 도움이 아니면 살아갈 수 없을 정도로 병들었건만 곁에는 아무도 남아 있지 않았다. 봉당을 가로 지르던 햇발은 지붕을 넘어가고 뒷산에선 청승맞은 산비둘기 울음소리가 다시 들려왔다.

내가 김 할머니를 알게 된 건 독거노인을 위한 자원봉사를 하면서부터였다. 처음 할머니는 굳이 나이를 말하고 싶어 하지 않았다. 환갑 진갑 다 지난 자식을 두고 살아 있다는 게 영 부끄럽기 때문이라고 했다. 혼자 죽을망정 환갑 나이에 날품을 팔러 가는 며느리 신세를 어떻게 질 거냐며 시골에 남아 있기를 고집했다.

할머니는 밥 한 그릇을 다 비우는 일도 민망하다며 꼭 한 숟가락씩 덜어냈다. 잇몸으로 딱딱한 누룽지를 굴려 삼키면서 여전한 입맛을 원망했고, 몸은 만신창이가 되었는데 정신은 야속할 정도로 말짱한 것이 괴롭다고도 했다. 마른 장작처럼 온기 없는 몸은 다섯 겹씩 껴입고 솜이불을 덮어도 한기가 들었고, 그보다 더 뼈가 저린 건 가랑잎 뒹구는 기척에도 귀가 일어서는 외로움이라고 했다. 제대로 가르치지 못한 탓에 자식들도 사는 형편이 변변치 않으니 아예 마음을 접고 산다고 했다. 비닐봉지를 뒤집어쓰고 있으면 간단히 죽을 수 있다는 말을 주워듣긴 했으나 차마 죽을 용기를 내지 못하고 있는 자신을 한탄했다.

나는 아무 말도 할 수가 없었다. 차마 눈을 마주치지도 못한 채 할머니의 갈퀴 같은 손을 어루만졌다. 할머니는 힘겹게 엉덩이걸음으로 다가가 장롱 서랍을 열더니 꽃버선 한 켤레를 꺼냈다.

"날 보살펴줘서 고마워. 뭘 주고 싶은데 이것밖에 없네. 받아줄 거지?"

꽃버선은 유일하게 할머니의 생활비를 보조하는 막내딸의 선물이었다. 나는 한껏 기뻐하며 버선을 가슴에 품었다가 슬며시 서랍 안에 다시 넣었다.

모처럼 속내를 털어놓고 할머니는 혼곤하여 잠이 들었다. 눈을 감고 있으니 그대로 죽은 사람 같았다. 잠은 할머니가 외로움과 회한에서 해방되는 유일한 수단일 터였다. 이불을 끌어당겨 할머니의 목까지 덮어주고 툇마루로 나왔다.

어느 날 우연히 내동댕이쳐진 목숨, 속수무책으로 감당해야 하는 한 여인의 운명이 기막혔다. 아무도 책임지는 사람이 없었다. 하늘을 향해 누구의 죄냐고 묻고 싶었다. 그것이 김 할머니만의 일이 아니라는 걸 안다. 또 자기 삶의 마지막 장면을 선택할 수 있는 사람도 없다는 걸 안다. 그렇다고 이 모두를 한 개인의 팔자소관 탓으로 돌려야 한단 말인가? 혹여 그 무책임한 운명론이 정작 책임져야 할 양심들을 병들게 하는 건 아닌지. 초저녁 어스름에 대숲 바람소리만 스산했다.

의자왕 가라사대

"어찌 오셨는가?/ 방금들 많이 다녀가셨지…/ 흔하게 많이들 오는 그 사람이신가?"

왜 아니랴. 유적지를 찾을 때마다 나는 여전히 '흔하게 많이들 오는 그 사람'을 면치 못한다. 유적의 내력보다 눈에 보이는 것들을 일별하는 것에 그치기 때문이다.

패망한 백제의 도읍지 부여. 그곳에 대한 나의 기억 역시 의자왕과 삼천궁녀, 낙화암, 부소산성에 건조하게 머물러 있다. 아무런 깊이도 넓이도 없이 그저 일렬횡대로 얻어들은 정보가 전부다. 그보다는 언젠가 부소산성에 올라 낙화암으로 가는 길의 소나무 숲 바람소리가 더 오랜 여운으로 남아 있다. 문학기행지인 부여로 출발할 때도 지레 감성의 결을 출렁이게 한 건 바로 그 바람소리였으니.

능산리陵山里 고분古墳에 들어선다. 세월에 깎이고 다듬어진 옛 왕릉의 능선들은 편안하고 아늑하기조차 하다. 영욕의 세월을 내려놓고 오래전 한 줌 흙이 되었을 왕과 귀인들의 무덤. 천삼백사십 년의 시간을 거슬러 당시 풍전등화의 백제 운명을 떠올리는 일은 왜 그리 아득한가.

백제만큼 남아 있는 유물이 적은 나라도 없다 한다. 남아 있는 것이라곤 고분, 탑만 휑한 절터, 무너진 성곽 그리고 불교 유물과 금제 장식, 토기 항아리 등이다. 학자들은 패망이 그 원인일 것이라고 지적한다. 춘원 이광수도 한 기행문에서 '쓸쓸함이 역사의 값이라면 부여만큼 고적다운 고적은 없을 것'이라고 역설적인 표현을 한 적이 있다. 사람들이 백제에 대해 좀 더 애틋한 정서를 갖게 되는 것도 그 때문이 아닐까.

몇 년 전 낙양洛陽에서 발견된 예식진禮寔進의 비문을 통해 백제 패망의 비밀이 밝혀진 적이 있었다. 웅진성을 지키던 장수 예식禮植(예식진과 동일 인물)이 의자왕을 배반, 나당羅唐의 편에 가담했고, 믿었던 도끼에 꼼짝없이 발등을 찍힌 왕은 그날 밤 포로가 되어 적국의 수장에게 술을 따르는 굴욕을 겪었으며, 예식은 반역의 공로로 정3품의 벼슬을 얻고 평생 당황제의 총애를 받았다는 충격적인 내용이었다. 아마 사전에 얻은 이러한 배경지식이 없었다면 나 역시 단순한 기행자의 낭만으로 유적지의 무덤들을 훑는 데 그쳤을지 모른다.

배신은 쓰라리다. 그 배신 때문에 한 나라의 명운이 끊겼다면 그보다 통한한 일은 없으리라. 천 년 세월을 훌쩍 넘어 한 줌 고혼으로 패망한 땅에 돌아와 가묘假墓에 누운 의자왕의 심정이 그러하지 않을까.

의자왕은 사치와 향락으로 나라를 망하게 했다는 오명을 벗을 수 있었으나 일국의 왕으로서 내우內憂를 제대로 다스리지 못한 책임까지 면할 수는 없을 테다. 충신은 내치고 예식뿐 아니라 그의 왼팔 노릇을 했던 좌평左平 임자王子마저도 김유신과 내통하여 백제의 멸망을 거들게 했으니 그의 인사가 지혜롭지 못했다는 비판은 면하기 어렵겠다.

점풍이역占風異域 취일장안就日長安. 예식이 주군을 배반하기 전 바람의 방향을 헤아리면서 어느 줄에 서야 할지를 점쳤다는 글귀다. 그는 치명적인 반역자로서 700년 역사의 백제가 무너지는 현장에 중심인물이었고 그에 대한 공으로 평생의 영달을 보장받았다. '목적을 위해선 수단 방법을 가리지 않는 비열함도 불사하라.'는 마키아벨리의 군주론은 마음에 들지 않지만 현실은 인간에 대한 그의 통찰이 예리했음을 알려준다. 예식뿐 아니라 수시로 말을 바꾸고 줄을 갈아타는 요즘 정치판에도 그의 처방이 맞아떨어진다는 건 서글픈 일이다.

백제의 굴욕적인 패배의 흔적은 정림사지 오층석탑에도 뚜렷이 새겨져 있다. '정림사지는 백제의 명운과 직결된 상징성의 공간'이다.

그 탑 하단부에 당나라 장수 소정방이 '백제를 정벌한 기념탑'이라고 낙인처럼 새겨 한때 평제탑平濟塔이라 불렸었으니 패전국의 치욕과 슬픔이 오죽했을까 싶다. 발굴 작업을 통해 탑의 연대와 절 이름이 밝혀진 것도 근래의 일이다. 온전히 백제 시대의 이름은 아니나 평제 탑이란 오명을 벗게 된 것만도 다행이라 해야 할지. 부여 패망의 일주일 동안 치솟는 불길 속에서 고스란히 그 참상을 지켜본 오층석탑 이야말로 진정한 백제 패망의 증인이라 해야 하리라.

한 나라의 패망에는 여러 요인이 있을 터이다. 그 해석은 역사가의 관점이나 입장에 따라 달라지기도 한다. 대개 역사는 승자의 입장에서 기록되며 왜곡되기 마련이다. 백제 패망의 요인을 오로지 의자왕 개인에게만 돌리는 것이나 과장되고 윤색된 삼천궁녀의 전설 같은 것 등이 그러하리라. 그럼에도 패망을 가져온 필연적인 요인들은 분명히 존재하고 그러한 사실들을 숙고하는 것은 난세를 사는 우리에게 통찰력을 갖게 해줄 것이다. 비로소 알 듯싶다. 저 무연하게 들리는 부소산성 바람소리의 의미를. 의자왕 가라사대, '실패를 통해 배우지 못하면 다시 실패할 수밖에 없느니!'

떠나지 못하는 사람들

한 남자가 빠른 걸음으로 동암역 광장에 있는 쓰레기통을 향해 다가갔다. 먹이를 발견한 맹수처럼 날렵한 동작이었다. 남자는 쓰레기통 안에서 무언가를 주워 올렸다. 삼분의 일쯤 타다 만 담배꽁초였다. 그는 불도 붙이지 않은 꽁초를 볼이 우묵 파이도록 깊숙이 빨아들였다. 얼굴 가득 희열의 미소가 번졌다. 꽁초를 입에 문 채 그는 벤치에서 새우잠을 자고 있던 사내의 바짓가랑이를 잡아당겼다. 사내는 신경질적으로 남자를 걷어찼다.

"미친 새끼가 아침부터 남의 단잠을 깨고 지랄이야!"

다 떨어진 운동화가 벗겨질 듯 사내의 발끝에서 대롱거렸다. 아직 술이 깨지 않은 듯 혀가 꼬여 있는 말투였다. 남자는 잽싸게 사내의 발길질을 피하면서 말했다.

"백수형님, 불 쪼까 주실라요……."

"하나 건졌냐, 새꺄?"

사내는 눈도 뜨지 않은 채 땟국에 전 바지 주머니에서 라이터를 꺼내 던졌다. 남자는 황감한 표정으로 라이터를 주워 담배에 불을 붙이고 거푸 세 번이나 연기를 들이마신 후에야 밖으로 내뿜었다. 그리고는 눈치를 살피며 슬그머니 사내의 발치에 자리를 잡고 앉았다.

"아, 긍께 목을 비틀어도 소용없당께. 난 빨갱이가 아니단말씨. 난 착실한 서울대 학생이란 말여. 아이큐 145의 천재. 알아들어?"

남자는 초점이 흐린 눈으로 주변을 두리번거리며 밑도 끝도 없이 유신헌법철폐를 들먹였다. 그는 미친 남자였다. 그러나 그의 말 전부가 허튼 소리는 아니었다. 그의 말대로 그는 서울대 학생이었고, 유신정권 시절 고문 끝에 정신 줄을 놓은 남자였다. 그는 다섯 손가락 안에 꼽히는 역의 단골손님이었다. 새우잠을 자던 사내는 남자의 중얼거림에 신물이 난 듯 들은 체도 하지 않았다.

이때 역사 옆으로 난 굴다리 쪽에서 와자하니 시끄러운 소리가 들렸다. 네 명의 남자들이 이쪽의 벤치로 몰려오고 있었다. 하나같이 꾀죄죄한 차림새에 마시다 만 소주병을 손에 든 채였다. 팔자걸음으로 앞장서서 걸어오던 남자는 허리까지 내려오는 긴 머리를 흔들며 내뱉듯 말했다.

"제기랄! 오늘도 허탕이네. 자, 자, 술이나 마시자구."

그들은 벤치에 앉자마자 강소주를 마셨다. 전작이 있었는지 얼굴빛이 불콰했다. 긴 머리 남자가 한마디 할 때마다 나머지 사내들은 과장된 몸짓으로 맞장구를 쳤다. 그들은 몇 달째 나오지 않는 품삯에 대해 울분을 터뜨리며 말끝마다 욕을 달았다. 벼랑 끝으로 내몰린 들짐승의 사나운 눈빛들을 하고 있었지만 한 가닥 좌절의 속내를 숨기지는 못했다. 시간은 정오로 접어들고, 광장을 떠들썩하게 하던 남자들의 목소리도 폭염 속에 점차 맥이 풀려갔다.

요란한 경적과 함께 전동차가 들어오고 사람들이 역사를 통해 광장으로 쏟아져 나왔다. 그들은 무심하게 정신 줄을 놓은 남자와 새우잠을 자는 백수 사내 그리고 긴 머리 남자의 일행을 지나쳐갔다. 밀물처럼 밀려왔다 썰물처럼 빠져나가는 사람들 사이에서 그들은 섬이었다. 긴 머리 남자 일행은 끊임없이 내일을 이야기하는 가운데 바닥난 소주병을 털어 부었고, 부스스 잠이 깬 남자는 허기 어린 눈으로 포장마차에서 뿜어져 나오는 닭꼬치 냄새에 코를 벌름거렸다. 자칭 천재인 남자는 담배꽁초를 찾기 위해 다시 쓰레기통을 되작거렸고, 붉은 띠를 두른 교인들은 불신지옥을 외치며 역 광장을 가로질러 갔다.

나는 이십 년 가까이 동암역 근처에 살았다. 철로가 남북을 가로질러 놓이는 바람에 나는 '남광장사람'이 되었다. 역사驛舍를 다시 지으면서 광장에 나무를 심었다. 나무를 중심으로 둥근 벤치도 여러 개 설치했다. 그 후 역의 풍경은 달라졌다. 사계절 역은 쉬지 못했다. 광장의 느티나무 역시 마찬가지였다. 지기를 펼 수 없을 정도로 밤낮 사람들이 들끓었다. 애꿎은 원망과 분풀이를 감당하느라 나무의 몸은 늘 상처투성이였다. 나무의 상처는 곧 사람들의 상처이기도 했다.

제집처럼 역을 찾아오는 사람들, 그들은 '고도'를 기다리는 '디디'와 '고고'처럼 광장을 떠나지 못했다. 떠나고 싶어도 떠날 곳이 없는 그들에게 역은 위안의 도피처일 것이다. 사방으로 열려 있는 길은 그들에겐 끝내 포기할 수 없는 희망일지도 모른다. 희망은 현실과 이상 사이의 크레바스, 그 어두운 심연을 견디는 힘이기도 하리라.

전동차를 타기 위해 동동거리며 역 계단을 뛰어 오르는 사람들. 일상의 사소한 풍경이지만 누군가에게는 목숨을 걸어 얻고 싶은 꿈의 현실이다. 오늘도 고도는 오지 않고, 떠나지 못한 영혼들의 눈빛은 먼 곳을 떠돌다 역으로 모여들 것이다.

문득 나를 향해 묻는다.

'너는 떠난 자인가, 남은 자인가?'

소금꽃장수

안개비가 내리던 날이었다. 곰섬 염전을 찾아 나섰다. 송홧가루 소금이 난다는 곳이었다. 송화소금에 뜻이 있었던 건 아니었다. 텔레비전으로 흘깃 본 그곳의 풍경을 직접 만나고 싶었다. 흐린 날의 염전은 을씨년스러웠다. 카메라를 들고 온 내게 염부는 날을 잘못 잡았다며 딱한 표정을 지었다. 그냥 왔노라는 내 말은 염부에게 너무 싱거웠다. 땡볕에 짜디짠 소금을 거둬들이는 그네들에게 그냥이란 말은 얼마나 무책임하게 들렸을 것인가.

염부의 표정이 달라진 건 내가 소금꽃 이야기를 꺼냈을 때였다. 그는 사뭇 감동적인 어조로 말을 받았다.

"어떻게 짠물에서 이런 알갱이가 꽃처럼 피는지…. 그땐 참 신기했어요."

그는 소금꽃에 반해서 염부의 인생을 살게 되었다고 했다. 그의 나이 서른 무렵이었다. 나는 기대하지 않았던 소금 강의를 삼십 분 가까이 들었다. 단순한 촌부의 말이 아니었다. 나도 모르게 감탄의 추임새를 넣을 정도로 열정적이고 전문적인 설명이었다.

그는 가장 맛 좋은 소금을 내는 비결이 양심에 있다고 했다. 맛은 염도塩度와 밀접한 관련이 있는데 염도를 알맞게 맞추려면 더 섬세한 관찰과 오랜 기다림이 요구되었다. 그에 비해 소금 생산량은 많지 않아서 이문이 적었다. 그래도 그는 언제나 염도를 지키는 일을 첫째로 두었다. 최고의 맛을 내는 소금을 만들어내는 것에 대한 자부심, 그로 인한 양심의 떳떳함이 돈보다 더 소중하기 때문이라고 했다. 그의 목소리엔 그렇게 살아 온 사람만이 가질 수 있는 당당함과 진정성이 배어 있었다.

해풍과 땡볕에 마르고 졸여지면서 순백의 결정체가 되는 소금. 그 소금의 절정을 알고 적절한 순간에 거둬들일 줄 아는 염부의 결단. 그것은 온몸으로 제 일을 사랑하며 외곬의 길을 걸어온 자의 안목과 통찰에서 나온 지혜가 아닐까 싶었다. 그는 단지 소금장수가 아니라 삶의 염도를 조절할 줄 아는 인생의 장인이었다.

그는 자신 있게 소금을 먹어보라고 권했다. 짠맛은 적당했고 쓴맛도 전혀 느껴지지 않았다. 일본과 프랑스에서 온 소금 전문가가 그의 소금을 실험해보고 전량 매수하고 싶다고 했을 때 단호하게 필요한 만큼만 가져가라며 거절했다고 한다. 자기가 만든 좋은 소금을 우리나라 사람들에게 공급하고 싶다는 욕심 때문이었단다. 그 말을 들은 외국 전문가들은 진정한 소금쟁이라며 엄지손가락을 치켜들었다고 한다.

그의 아내는 한옆에 앉아 흐뭇한 표정으로 남편의 말에 귀를 기울이고 있었다. 남자는 내 시선이 아내에게로 향하는 것을 보고 묻지도 않은 말을 꺼냈다. 아내는 몇 달 전에 염전 일을 거들다 교통사고를 당했고 그 후유증으로 지금은 아무 일도 하지 못 한다는 것이었다. 사고 후 돈주머니 감독하는 일만 하고 있는데 그는 육십이 넘도록 뼈 빠지게 일하고도 아내가 주는 용돈 몇 푼에 희희낙락하며 산다고 했다.

나는 염부가 마음에 들었다. 예산에 없던 소금 세 포대를 샀다. 그는 날이 맑은 날 다시 오라고 했다. 소금 꽃이 피는 시간과 거두는 시간을 상세하게 알려주고 또 어느 시간 대 어느 위치에서 찍어야 사진이 잘 나오는지도 귀띔해 주었다. 그는 내가 사진의 초보자라는 것을 눈치챈 게 틀림없었다. 아니, 아직도 삶의 염도 조절이 서툰 인생의 초짜라는 걸 알아챘는지 모른다. 인생의 장인인 그에게 섣부른 나의 사진작가 행세는 얼마나 가소로웠을 것인가. 나는 기꺼이 승복했고 다음을 기약하며 전화번호를 받아두었다.

부부의 따뜻한 전송을 받으며 곰섬을 마저 둘러보기 위해 염전을 떠났다. 해가 기울면서 안개는 더 짙어지고 있었다. 먼 산은 이미 안개에 가려 보이지 않았고 바닷가 마을 몇 호 안 되는 집들도 희미하게 윤곽만 드러내고 있었다. 안개 속에서 길을 잃어버린 경험이 있던 나는 마음이 조급해졌다. 적당한 염도는 삶의 모든 요소에 필요한 것일 터, 머물고 떠나는 것 또한 그래야 한다는 생각이 들었다. 남은 일정을 포기하고 서둘러 곰섬을 돌아 나왔다. 길가생이집 마당을 서성이던 누렁이만 컹컹 짖어대는 저녁답이었다.

악의 평범성에 대한 경고
– 프리모 레비의 ≪이것이 인간인가≫를 읽고

"수용소의 은어들 중 결코 사용하지 않는 말이 무엇인지 아는가? 'Morgen fruh' 내일 아침이다."

인간에 대한 인간의 관심만큼 유장한 것이 있을까. 그 관심이 언제나 호의적인 것이라고 할 수는 없지만 인간은 여전히 숙고의 대상이다. 내가 이 책을 선택하게 된 동기 역시 그와 무관하지 않다. 프리모 레비야말로 인간에 대한 진지한 관심이 인류에 대한 희망을 이어갈수 있는 근거라고 믿었던 작가다. 그는 1914년 이탈리아 토리노에서 태어났고, 1941년 토리노 대학을 최우등으로 졸업했다. 유대계였던 그는 제2차 세계대전 말 파시즘 저항운동에 가담했다가 체포되어 아우슈비츠 제3수용소로 이송되었다. 그는 화학을 전공했지만 문학에도 관심이 많았다. ≪이것이 인간인가≫는 그가 아우슈비츠 수용소에서에서 보낸 10개월간의 체험을 기록한 처녀작으로 기록문학 중으뜸으로 꼽힌다.

아도르노는 "아우슈비츠 이후 서정시를 쓰는 것은 야만이다."라고 쓴 바 있다. 아우슈비츠 참극 이후 예술의 본질로서 아름다움을 추구하는 것은 기만적일 수밖에 없다는 의미이리라. 그 정도로 끔찍한 참상의 당사자이면서도 프리모 레비는 희생자의 한탄 섞인 어조나 복수심을 품은 날선 언어가 아닌 침착하고 절제된 언어로 수용소의 하루하루를 기록해 나간다. 그는 가족들마저 자신의 증언을 무관심하게 흘려듣는 꿈을 반복해 꾸면서 꿈속의 불안이 현실로 이어질지도 모른다는 강박적인 두려움을 갖게 된다. 나중에 그는 자신의 증언이 신뢰심 있게 전달되게 하기 위해 보다 진중한 언어와 묘사를 선택했다고 말한다. 그만큼 그의 문체에는 절대 잊어서는 안 되는 폭압의 정체에 대해 사람들이 지속적으로 경각심을 갖게 되기를 바라는, 과장되지 않은 간곡함이 있다.

수용소 굴뚝에선 매일 시체를 태우는 연기가 피어올랐다. 더 이상 노동력이 되지 않는 사람들을 소각하는 화장터 굴뚝은 그 자체로 공포의 대상이었을 것이다. 하루에 2만 4000명의 시체를 '특별처리'란 이름으로 소각한 날도 있다고 한다. 감자 4분의 1쪽을 탈취하기 위해 옆 사람이 죽기를 바라고, 때론 이질에 걸려 죽은 사람의 똥물이 빠지지 않은 담요를 덮고 시체와 한 침대에서 자야 하는 참혹함. 굶주림과 추위 속에서 존엄성이나 판단력은 모두 잃어버린 채 더 이상 고통스러워할 수도 죽음을 두려워할 수도 없게 파괴되어버린 텅 빈 인간들. 그들에게 내일은 없었다. 저자가 단테의 《신곡》 지옥편을 떠올리는 것도 무리는 아니다. 역설적이게도 그 불행 속에서는 아무도 자살하는 사람이 없었다고 한다.

무엇이 히틀러 일당으로 하여금 그러한 집단적 광기를 발하게 만들었는가. 저자는 수용소에서 겪은 참상과 관련하여 그것들은 인간들의 말과 행동이 아니며 역사에서 선례를 찾아볼 수 없는 것들이고, 생존을 위한 가장 잔인한 생물학적 투쟁과도 비교가 어려운 것이라고 진술한다. 그는 나치즘이 파시즘의 나무에서 열린 유독한 열매이긴 하지만 그들의 증오의 이유를 이해하는 것은 불가능하다고 말한다. 이는 어쩌면 인간의 이해를 넘어서는 악에 대한 역설적인 표현이 아닐까 싶다. 하여 저자는 과거에 벌어졌던 일이 다시 되풀이되지 않도록 의식의 명료함을 가지고 그 근원에 대해 인식하고 경계할 것을 권고한다.

아무도 자신을 히틀러나 힘러, 괴벨스, 아이히만 같은 사람들과 동일시하지 않을 것이다. 그들의 생각은 대개 비정상적이거나 어리석거나 잔인했다. 하지만 그것들은 환영을 받았고 수백만의 추종자들이 그들을 따랐다. 저자는 비인간적인 명령을 부지런히 수행한 사람들을 포함한 이러한 추종자들은 타고난 고문 기술자들이거나 괴물들이 아니라 평범한 인간들이었다는 사실을 지적한다. 이는 아무런 의심 없이 믿고 복종할 준비가 되어 있는 일반적인 사람들이 훨씬 더 위험할 수 있다는 것을 일깨워준다. 나치 하에 가족을 잃은 유대인 여성학자 한나 아렌트가 전범 아이히만의 재판 과정을 통해 본 것도 바로 그 '악의 평범성'이었다. 그 일이 어찌 그들만의 문제일 것인가. 나 역시 개인의 안일만을 도모한 채 타인의 고통이나 아무렇지 않게 저질러지는 집단적 광기, '악의 평범성'에 대해 무심한 관찰자로 살아오지 않았던가.

저자는 자신이 수용소에서 살아남을 수 있었던 이유에 대해 "내 동료들과 나 자신에게서 사물이 아닌 인간의 모습을 보겠다는 의지, 수인들을 정신적 조난자로 만드는 수용소의 굴욕과 부도덕에서 나를 지키겠다는 의지 때문"이었다고 밝힌다. 실제로 그의 이야기 속에는 여러 인물들이 등장하는데 특히 로렌초는 그가 늘 인간임을 상기하게 해준 사람이었다고 술회한다. 그런 그가 1987년 자택에서 돌연한 자살로 생을 마감한다. 죽음의 수용소에서는 살아 돌아왔지만 그때의 상처와 후유증을 견디지 못하고 자살한 사람들은 많았다. 그러나 여러 저작을 통해 아우슈비츠에서 파괴된 '인간'이라는 척도를 재건하는 일에 몰두했던 그의 자살은 충격이었다. 그의 마지막 작품 ≪결론≫에 나오는 문장은 여전히 그가 극복하지 못했던 불안과 절망 그리고 위기를 증언한다.

"그런 일은 다시 일어날 수 있다. 바로 이것이 우리가 말하고자 하는 핵심이다."

그의 증언을 통해 어떤 권력에 우리의 의지를 생각 없이 위임하는 것이 얼마나 위험한 일인가를 깨닫는다. '악의 평범성'이란 결국 스스로 생각하고 판단하지 않는 자의 고의적인 태만임을 알겠다. 동시에 선각자연 하는 이들의 달콤하고 눈부신 환상이 아니라 확인되고 입증될 수 있는 진실에 우리의 판단과 의지를 사용하라는 그의 조언에서 진리에 접근하는 기본 원칙을 새삼 확인한다. 그렇게 하지 않을 때 우리는 또 다른 수용소, 모든 것이 교환가치로 거래되는 위압적인 현대 자본주의 수용소의 사물事物로 살아갈지 모른다. 과거의 잔혹사뿐 아니라 현대 '인간' 그 자체의 위기를 증언한다는 점에서 이 책의 가치는 여전히 현재진행형이다.

어느 식물인간의 눈빛에 부쳐

나는 식물인간인가? 그럴지도 모른다. 의사들은 나를 식물인간과 반혼수상태의 경계 어디쯤에 있는 기이한 환자라고 지칭한다. 어쨌든 나는 기존의 상식을 깨고 희미하게나마 보고 듣는 일이 가능하다.

내가 살아 있다는 것을 사람들에게 알릴 수 있는 유일한 방법은 눈을 떠서 동공을 움직이는 것이다. 죽을힘을 다해 보지만 마음먹은 대로 되지 않는다. 의사가 냉정하게 식물인간의 일반적인 반응일 뿐이라고 단정할 땐 맹렬한 분노를 느낀다.

무엇보다 나를 무너지게 하는 건 오랜만에 찾아온 남편의 절망적인 눈빛이다. 내 필사의 눈 움직임을 그저 무의미한 동작으로 해석한다. '내 눈을 봐요!', 속으로 끊임없이 외쳐도 끝내 알아채지 못한다. 남편은 무심하게 등을 돌리고, 나는 슬픈 가재미눈이 되어 그 뒤를 쫓는다.

　가족들이 조심스레 나의 죽음을 입에 올린다. 내가 요양병원에 입원한 지 꽤 여러 날이 지나서일 것이다. 그들은 내가 들을 수 없을 거라고 확신하는 눈치다. 다달이 들어갈 입원비를 계산하며 노골적으로 돈 걱정을 한다. 월급쟁이 십수 년 만에 장만한 아파트 한 채 그리고 퇴직금으로 산 얼마의 땅이 가진 것의 전부다. 나의 생존기간이 부지하세월이 된다면 그 둘을 모두 팔아야 할지 모른다. 남편이 병원 의사와 면담을 하고 온 날은 낯빛이 캄캄하다.

　우리 병실의 최고참인 박 여사는 노골적으로 눈을 부라리며 날더러 죽으라 한다. 주사기로 겨우 먹은 죽을 소화시키지 못하고 종일 물똥을 지린 날이다. 그럴 때는 정말 아무 것도 모르는 식물인간 행세를 한다. 멀뚱한 눈으로 천장 꽃무늬 벽지를 쳐다보면서 기저귀 갈이가 끝나길 기다린다. 심사가 뒤틀리는 날은 서너 번 엉덩이를 때리고도 직성이 풀리지 않는지 주먹으로 윽박지르기까지 한다. '공짜로 해 주는 것도 아니면서, 나쁜 년!'

　남편이 나를 찾아오는 횟수가 점점 줄어든다. 어쩌다 와도 바윗덩이 같은 한숨만 부려놓는다. 간호사에게 건성건성 안부를 묻고는 잠시 서성대다 가버린다. 딸은 천리만리 타지에 있고, 처음 눈물을 찔끔거리던 아들은 어쩌다 와서는 바빠 죽겠다며 오자마자 시계를 흘끔거린다. 아들의 눈에서 온기가 사라지는 게 보인다. 요즘 자주 꿈을 꾼다. 꿈속에서 나를 장사지내고 아무렇지 않게 클클 웃는 가족들을 본다.

옆 침대 공 할머니가 돌아가신 모양이다. 그동안 아무도 찾아오는 사람이 없던 분이다. 사람들이 주고받는 말로는 아들들이 외국의 명문대학을 나온 교수인데 일 년이 넘도록 얼굴을 처음 보았다고 한다. 요양병원 사람들의 말은 하나같이 똑같다. "장작 같으면 불쏘시개나 하지. 그렇게 살아서 뭐해. 잘 돌아갔어." 사는 게 치욕이다. 밤낮으로 갸르릉대는 소리를 안 듣게 되어 다행이라고 생각했는데 잠이 오지 않는다.

오늘 박 여사의 기분이 좋은가 보다. 병원 마당에 수선화가 피었다고 호들갑이다. 정월 무렵 들어왔으니 벌써 몇 달이 지난 게다. 나의 하루는 그녀의 기분에 따라 좌우된다. 오늘따라 욕창이 생긴 등을 소독하는 그녀의 손길이 꼼꼼하다. 손님이 올 모양인가.

점심때가 좀 지나서다. "아가야." 친정아버지 목소리다. 컥, 숨이 막힐 것 같다. 가죽만 남은 내 손을 붙들고 소리 없이 구부정한 어깨를 들썩이는 팔순의 아버지. 못 볼꼴을 보여드려 송구하기 그지없다. "가엾은 내 새끼…. 악짝껏치 살아야 헌다. 이 악물고 버텨야혀. 암만!" 내가 살아있기를 바라는 유일한 사람이다. 이상하게 살아달라고 진심으로 말하는 아버지 앞에선 죽을 용기가 난다. 내가 정말 두려운 건 버려진 채 외롭게 죽어가는 일인지 모른다.

죽음이 가까울수록 삶에 대한 애착은 강해진다. 그러나 나는 어떤 선택도 할 수 없다. 할 수 있는 유일한 기능이라곤 '의식'을 '의식'하는 일뿐이다. 나로선 이 생생한 의식의 자각이야말로 살아있음의 명징한 증거인데 사람들은 감당할 돈이 있냐 없냐, 사람구실을 하냐 못하냐를 먼저 따진다. 남은 식구들을 배려해 죽는 것이 마땅하다는 의견이 절대다수다. 물론 이전에 나도 그런 사람 중 하나였고, 죽는 게 훨씬 자유로울 것 같기도 하다. 그렇다고 자본과 쓸모의 논리에 떠밀려 하나뿐인 목숨을 내놓아야 하는가. 희생과 헌신으로 살아 온 나의 과거는 무엇으로 보상받나.

남편은 일이 바쁘다는 핑계로 한동안 소식이 없다. 아이들도 병원 전화로만 띄엄띄엄 안부를 물어오는 눈치다. 눈치 빠삭한 박 여사는 내 죽의 양을 조금씩 줄이고 있다. 천 번의 좌절과 천 번의 희망이 시소를 타는 밤. 개똥밭, 이승의 하루가 또 저물고 있다.

강남에 살으리랏다

'어머니와 누나를 방화 살해한 패륜아. 단지 강남에 살고 싶다는 이유만으로 열일곱 청소년이 존속살해를 사주하다.'

얼마 전 전국을 떠들썩하게 했던 살인 사건에 대한 머리기사다. 패륜아란 단어를 쓰면서 마음이 편치 않다. 그 소년을 당당하게 매도할 만큼 나는 도덕적인가. 열일곱 청소년을 패륜아로 만든 사회 구성원의 책임에서 나는 얼마나 자유로운가.

지난 주 강남에서 있었던 지인의 결혼식에 참석했을 때였다. 피로연 자리에서 인천에 사는 박 씨는, 볼 일로 일주일에 한 번씩 강남을 오르내리는데 그때마다 거리에 넘쳐나는 사람들을 보고 처음엔 가두시위가 있는 줄 알았다고 했다. 그 말을 받은 김 씨는 강남에 사무실을 둔 사람을 향해 "정말 데모가 있었던 게 아니냐?" 며 우스갯소릴 던졌다. 그 사람은 고개를 절레절레 흔들며 출퇴근 시간의 지하차도는 가만히 서 있어도 인파에 떠밀려 올라가고 내려오는 형국이라고 탄식하듯 대답했다. 맞은편에 앉았던 여인이 기다렸다는 듯 말을 꺼냈다. "나는 일부러 아이를 하나만 낳았어요. 특별한 아이로 키우고 싶어서죠. 지금 외국인 학교에 보내고 있고, 한 달 교육비가 생활비의 절반을 넘어요. 그렇지 않고선 강남 입성은 어림도 없어요."

그들의 이야기를 듣고 있자니 지방의 한 외국인 회사에 근무하는 지인의 말이 떠올랐다. 새로 채용된 중견 임원이 "박사님 같은 분이 왜 강남에 안 살고 이런 지방에 살고 있느냐?"라고 의아하여 묻더라는 것이었다. 그 말을 들은 지인은 내가 만족하면 되는 것이지 강남에 꼭 살아야 할 이유가 무엇이냐고 되물었단다. 거침없이 일류의 길을 달려온 그 중견 임원의 사고로는 강남만이 일류의 자존심을 충족시키는 일류의 주거지일 터였다.

비가 추적이는 가운데서도 휴일 강남의 거리는 붐볐다. 동승한 지인은 바깥을 기웃대더니, "확실히 외제 승용차가 많군. 사방에 수입차 천지야."라며 손짓을 했다. 나는 그제야 몰려오는 식곤증 때문에 게슴츠레 했던 눈을 창밖으로 돌렸다. 우뚝우뚝 빼곡하게 들어선 빌딩들, 화려한 쇼윈도, 번쩍이는 대형 승용차들, 가히 욕망의 마천루라 할 만했다.

삶을 움직이는 막강한 욕망의 동력은 무엇인가? 부와 권력이 주는 지배의 쾌락이라고 한다면 너무 철학적인 결론인가? 사실 그것만큼 인간의 동기를 부추기는 요인도 없을 것이다. 눈만 뜨면 보고 듣는 모든 것이 그 두 가지 가치를 중심으로 돌아간다고 해도 과언이 아닌 세상이다. 그런 물적 가치의 중심에 강남은 바벨탑처럼 우뚝하다.

강남에서 자라는 아이들은 지방을 같은 대한민국으로 여기지 않는 다고 한다. 죽기 살기로 공부하라고 채찍질해대는 부모의 마음속에 는 신분상승의 상징인 강남입성의 꿈이 저 우뚝한 빌딩숲처럼 완강 하게 버티고 있는지 모른다. 학교에서 배우는 세상과 실제의 세상은 판이하게 다르다. 민감한 청소년들은 그런 세상의 공기에 치명적으 로 감염된다. 패륜아는 이 시대의 당연한 산물, 어찌 그 소년에게만 책임을 물을 것인가? 먼저 그처럼 척박한 토양을 일군 어른들에게 막 중한 책임을 물어야 마땅하리라.

거대한 로마의 원형경기장, 그 찬탄 뒤에 숨은 우리의 동기는 무엇 인가 반문해야 한다는 어느 사회학자의 말처럼 높고 우뚝한 도시를 향한 동경의 배후는 무엇인가 반성할 때다. 타자의 고통에 대한 배려 나 나눔의 인식 없이 일류만을 목적으로 줄달음치는 사회는 끊임없 이 패륜아를 양산해낼 수밖에 없을 것이다. 무성한 빌딩숲 사이로 강 남입성의 꿈을 이루기 위해 존속살해조차 서슴지 않았던 소년의 고 개 숙인 얼굴이 떠오른다. 그 일이 당신과 나의 일이 아니라고 어떻 게 장담할 수 있을 것인가.

불씨

    오래된 시간에게 말을 건네는 일은 낯설고 막막했다. 그것은 역사의 흔적이면서 내 뿌리의 내력이기도 할 터였다. 잃어버린 우리의 옛 땅 대마도를 돌아보는 일은 제법 애잔할 법하건만 남의 나라 조상을 더듬는 일만큼이나 맨송맨송했다. 하기야 함께 부대끼지 않은 시간을 내 안에 들이는 일이 어찌 만만할까 보냐.

    그는 한국 최초의 대마도 전공 박사학위 소지자 문화해설사였다. 열정과 신념에 넘친 목소리, 형형한 눈빛으로 사람들을 사로잡았다. 일상에 매몰되어 그저 하루하루를 살아가는 소시민들에게 역사란 옛이야기처럼 아득한 것일 수 있었다. 그러나 그의 해설을 통해 과거는 생생하게 재현되고, 사람들은 잠자고 있던 역사의식의 불씨를 되살릴 수 있었다.

아는 만큼 보인다는 말은 참되었다. 무심코 스쳐 지날 법한 이즈하라 거리의 간판이나 고목, 도로 위의 조각, 비석들은 그의 설명을 통해 비로소 존재를 드러내고 생명을 얻었다. 그것들은 한결같이 대마도에서 발견되는 문화의 원류가 우리나라라는 데 뿌리가 닿아 있었다. 대마도에 관한 어원과 유래를 밝히는 일을 비롯해서 지류의 근원을 거슬러 올라가는 그의 발자국은 치밀했고 그만큼 확신과 애착이 담겨 있었다.

그중 소선월小船越은 아름다운 이름 때문에 특히 기억에 남았다. 소선월은 백제 성왕 때 일본으로 불상을 전하면서 통과한 곳이라고 한다. 동서 간의 폭이 174m밖에 안 되는 대마도 최저최단 협곡이며 최초의 동서 항로로써 대마도에서 가장 오래된 사적지다. 그는 길섶 덤불 속에서 녹슨 채 사그라져 가는 간판을 통해 또 하나의 숨은 그림을 찾아내게 된 내력을 설명했다. 시간의 모래밭에 묻힐 뻔한 역사가 한 무명씨의 충정에 의해 자취를 드러내는 과정은 자못 감동적이었다. 보물은 그것의 가치를 충분히 알아보는 눈을 가진 이에게만 발견되는 것임을 다시 확인했다.

무지한 여행객의 눈에 소선월은 그저 가시곰취와 애기똥풀이 자라는 포구의 옛길일 뿐이었다. 그 옛날 한 왕의 열정으로 불교의 경전이 들어오고 승리와 패배가 엇갈리던 영욕의 장소라는 것을 실감하기엔 너무 한가롭고 무심한 풍경들이 펼쳐져 있었다. '산천 의구하되

인걸은 간 데 없는' 무구한 역사의 현장에서 또 그렇게 억겁의 시간 되풀이될 인간의 자취를 헤아리니 허망하기조차 했다.

문제는 과거가 과거로만 남지 않는다는 데 있었다. 비운의 왕녀 덕혜옹주 결혼 봉축비를 통해 나라의 주권과 한 개인의 삶이 얼마나 밀접한 관련이 있는지 알 수 있었다. 일본의 볼모가 되어 대마도 도주의 양아들과 결혼, 불행하게 살다 끝내 정신분열증 환자가 되어버린 덕혜옹주. 그녀의 유일한 피붙이였던 딸마저 유서를 남긴 채 실종되고, 1962년에야 한국에 들어와 마지막 황녀로 낙선재에 살게 되지만 이미 피폐해질 대로 피폐해 있었다. 그녀가 우여곡절 끝에 병든 몸으로 공항에 입국하던 날 울먹이며 '애기씨'라고 부르는 전 유모를 바라보던 무표정한 얼굴은 그야말로 비극의 전형이었다.

그것이 바로 우리가 역사를 단지 향수의 대상으로 바라볼 수만은 없는 이유일 테다. 역사는 현재진행형이고 지금도 일본은 대마도는 물론 독도도 자기네 땅이라고 주장하며 적극적인 행동을 취하고 있다. 한국은 실효권을 앞세워 독도의 영유권을 주장하지만 일본은 역사적 근거로나 국제법상으로도 엄연한 자기네 땅이라고 거듭 천명하고 있다. 흔히 그렇듯 역사는 승자의 논리로 전개되기 마련이다. 전후 패자인 한국은 빼앗긴 옛 땅 대마도의 영유권을 주장하기커녕 또다시 독도를 내놓으라는 위협 아래 있다.

곳곳에 산재해 있는 유적의 자취들은 낡고 흐릿했으나 마치 베일을 벗듯 그의 해설을 통해 선명하게 윤곽을 드러냈다. 눈에 보이는 잎이나 꽃만 아니라 몸통을 지탱하는 뿌리와 뿌리를 움켜 쥔 흙에까지 우리의 시선을 이끌어 갔다. 마치 점선을 따라 완성되어 가는 그림을 보듯 답사 일정은 생동감이 넘쳤다. 그림이 확연해질수록 알게 되는 것은 대마도가 우리의 옛 영토라는 사실이었다.

유적지 답사의 유익 중 하나는 역사의 흐름 속에서 자신의 위치와 정체성을 확인하게 되는 일일 것이다. 그 작은 불씨가 때로 자신의 생명과 행복을 지키는 힘이 되기도 한다는 자각을 통해 역사를 바라보는 관점을 재고하게 된 것은 이번 여행의 큰 소득이라 해야겠다. 물론 진품을 찾아내는 감정가처럼 유적들의 진면목을 제대로 보여준 한 해설사의 애정 어린 안내가 있었기에 가능한 일이었다.

부산으로 귀항하는 뱃길은 사나웠다. 그러나 거친 풍랑보다 더 울렁증이 일게 한 건 우리의 옛 땅이라는 역력한 증거들에도 한낱 관광객으로밖에 다녀갈 수 없는 약소국 백성으로서의 비애였다.

어느 편이냐고 묻는다면

몇 구의 유골이 동굴 바닥에 나란히 누워 있었다. 유골의 크기는 저마다 달랐다. 그들은 동굴에 숨어 살다 토벌대가 지른 불에 고스란히 타 죽은 한 가족이었다.

제주 4·3평화기념관의 다랑쉬 동굴을 돌아보는 내내 나는 연기에 질식된 것처럼 숨이 가빴다. 동굴을 빠져나온 뒤에도 한동안 숨을 몰아쉬어야 했다. 유족들의 증언은 더 참혹했다. 토벌대는 끌려나온 양민들을 총으로 쏘고 다시 창으로 찔러 죽음을 확인했다. 남은 가족들은 눈뜨고 그 장면을 지켜봐야 했다. 살아남은 노모는 울먹였다. 아들 며느리가 돌아오기 전에는 절대 눈을 감을 수 없다고.

평화기념관 광장 조형물엔 살아남은 자들의 고통이 시詩로 전시되고 있었다. 그날의 참담했던 주검이 시뻘건 핏자국처럼 선명하게 묻어나는 시들이었다. 거기엔 내 편 네 편, 옳고 그름의 구별이 없었다. 그저 아비나 자식을 잃은 이의 고통과 슬픔이 낭자할 뿐이었다. 죽은 지 육십 년이 지나서야 광장 비석에 겨우 제 이름 석 자 올린 수만 명의 아까운 목숨들. 나는 평화란 이름 뒤에 감춰진 피의 역사 앞에 몸을 떨었으나 무제無題의 백비白碑*처럼 감히 그 죽음을 해석할 수는 없었다.

기념관을 둘러 싼 초록 구릉과 비에 씻긴 푸른 하늘의 조화는 눈부셨다. 나는 푸른색을 좋아했다. 비 갠 가을 하늘과 제주 쇠소깍의 깊고 푸른 물색을 특히 사랑했다. 물론 다른 색들도 좋아했다. 색마다 지닌 느낌이 다르기 때문이었다. 사람들은 나의 그런 취향을 기호의 차이로 여길 뿐 문제 삼지 않았다. 그러나 내가 어떤 특정한 인물이나 사상을 언급할 때 사람들의 반응은 민감했다. 의심스럽다는 표정으로 어느 편인지를 확인하려 들었다.

몇 해 전 여름 6·25를 경험한 어르신과 나눴던 대화는 아직도 기억에 생생했다. 우연히 사회과학 분야에 관심이 많은 친구 이야기를 꺼냈는데 대뜸 "그 친구 좌파 아니냐?"라고 물었다. 나는 비교적 그런 편이라고 대답했다. 어르신은 정색을 하고 말했다.

"난 좌파 성향의 사람 좋아하지 않아. 그런 사람은 나라에 위험한 인물이야. 당신을 아껴서 하는 말인데 그런 사람과 어울리지 않았으면 좋겠어. 솔직히 말하면 난 그런 사람과 마주 앉는 것도 싫거든.

당신은 전쟁을 안 겪어봐서 몰라. 난 내 눈으로 똑똑히 봤어. 공산당이 어떤 놈들인지."

어르신은 어떤 설명도 들으려고 하지 않았다. 내 편 네 편이 확실했고 그를 사수하기 위해서는 그 어떤 공격도 마다하지 않을 태세였다. 어르신은 중립적인 나의 입장조차도 못마땅해했고 전쟁을 경험해보지 않은 세대의 철없는 사상논쟁이라며 일소에 부쳤다. 경험만큼 확실한 판단의 준거는 없다는 듯 완고했다. 어떠한 사상도 그 시대 정치, 사회 토대의 변화와 무관할 수는 없을 것이다. 과거의 담론을 현대의 가치 의식으로 재단하는 것도 폭력이겠지만 그 반대의 경우도 위험하긴 마찬가지라는 생각이 들었다.

반공교육을 받던 시절 나는 북한 사람들을 간을 빼먹는 괴물로 알았다. 무조건 무찔러 없애야 할 적으로만 알았던 것이다. 철이 나면서 사실이 아닌 걸 알게 되었지만 분단으로 인한 갈등과 대립의 정치적 국면은 여전히 달라지지 않고 있었다. 수시로 너는 어느 편이냐는 사상적 결단을 내려야 하는 상황이 생겼고 그 가운데 많은 청춘들이 목숨을 잃거나 감옥에 갇혀야 했다. 권력을 탐하는 자들은 제 나라의 이러한 불운을 이용, 권좌에 올랐고 그때마다 볼모가 된 억울한 죽음들이 늘어났다. 제주 4·3사건 역시 그런 와중에 일어난 비극 아니겠는가.

한 가지 목소리만 나오는 사회는 죽은 사회라고 한다. 일방통행의 세상이란 얼마나 끔찍한 것인가. 목소리가 다양할수록 세상은 역동적이고 개개인의 삶 또한 풍요로울 것이다. 내가 좋아하는 파랑과 네가 좋아하는 빨강이 나란히 서서 아름다운 무지개를 만들어 낼 수 있다면 오죽이나 좋으랴. 왜 꼭 어느 한 색이어야 한단 말인가. 소수가 주동하는 편가르기의 서늘한 경계에서 피바람 불고 애꿎은 백성만 죽어나간 역사는 과거로 족하다. 리영희 선생의 말씀처럼 새는 '좌·우'의 날개로 나는 것. 이젠 흑과 백이, 너와 내가 함께 날갯짓해서 더 멀리, 더 높이 날아가는 세상을 꿈꿔도 되지 않을까. 언젠가는 제주 4·3백비白碑, '좌·우' 날개 달고 비상하는 날 오리니.

 * 백비白碑: 제주 4·3 기념관 내에 있는 비석으로 어떤 까닭이 있어 이름을 짓지 못한 비석을 일컫는다. 봉기, 항쟁, 폭동, 사태, 사건 등으로 다양하게 불려 온 제주 4·3은 아직까지도 올바른 역사적 이름을 얻지 못하고 있다.

가시

고슴도치의 낯가림은 유별나다. 제 입에 밥을 넣어주는 주인의 손길도 여간해서는 경계를 늦추지 않는다. 성격도 소심하고 내성적이어서 조금만 불편한 일이 있어도 구석에 틀어박혀 나오지 않는다. 낯선 사람이 행여 불쑥 손을 내밀었다간 곤두세운 가시에 찔리기 십상이다. 민감하고 까칠한 동물의 대명사로 불리는 것도 무리는 아닌 듯싶다.

걸핏하면 가시를 세우는 게 비단 고슴도치뿐일까. 사람은 시도 때도 없이 말의 가시를 세운다. 보이는 가시는 방어가 가능하지만 숨겨둔 가시를 불시에 들이대는 일에는 속수무책이다.

가시의 종류도 다양하다. 관계의 맥락에 따라 생성되는 형태도 각양각색일뿐더러 제 마음 크기에 따라 천차만별 달라지기도 한다. 사람의 심리만큼이나 복잡 미묘해서 완전한 해독이나 경계가 불가능하다. 어쩌면 대부분의 가시는 오해의 다른 이름일지 모른다. 오해가 가시를 낳고 가시가 또 오해를 낳고…. 그렇게 날로 무성해지고 뾰족해진다.

무심코 한 말로 상대의 가슴에 왕가시를 박은 적이 있다. 이웃에 칠십 어름의 할머니가 계셨다. 지하 셋방에서 손자와 둘이 근근이 살아가고 있었다. 어느 겨울 시퍼렇게 언 할머니의 북두갈고리 손을 보고 측은지심에 말을 꺼냈다.

"고생을 많이 하신 손이네요…."

말이 미처 끝나기도 전에 할머니는 안색이 변해 자리에서 벌떡 일어났다. 예상치 못한 반응에 당황했으나 할머니는 변명할 기회를 주지 않았다. 전전긍긍하던 나는 며칠 후에야 다른 이로부터 그 연유를 듣게 되었다. 문제는 '고생한 손'이라는 내 표현이었다. '자기가 날 얼마나 안다고 고생 운운하느냐, 이래봬도 내 남편이 군인 장성이었다, 원래 손이 험한 아버지를 닮아 그렇지 고생을 해서 손 모양이 이런 건 아니다.'라며 대단히 역정을 내더란 것이었다. 노년에 불우해진 자신의 처지를 비관하던 터에 내 말이 큰 상처가 된 모양이었다. 해명을 하고 사과를 하고 다시 편안한 얼굴로 돌아오기까지 한참이 걸렸다.

이처럼 일상 속에서 소소하게 찌르고 찔리는 일이야말로 통증의

주된 원인이다. 대개는 알게 모르게 생각 없이 주고받는 말 속에서 일어나는 일이다. 나 역시 지명을 넘었으니 찔리는 일에 능이 날 법한데 늘 처음처럼 소스라친다. 조개는 상처의 고통을 감싸 진주를 만든다던가. 딱하게도 내 안에는 상처의 이력만 빼곡할 뿐 진주의 결실은 보이지 않는다. 진주커녕 말에 찔릴 때마다 세운 가시말뚝이 울뚝불뚝이다.

생존의 방편으로 자신을 가시로 무장하는 경우, 거기엔 간단히 무시할 수 없는 비장함이 있다. 고슴도치처럼 그것이 공격이 아닌 방어를 위한 유일한 무기일 때 누가 그를 단죄할 수 있겠는가. 어쩌면 상처의 절반은 타자를 포용할 수 없는 내 안의 가시 때문인지 모른다.

찔림의 고통은 작든 크든 오랜 통증을 남긴다. 무엇보다 사람과 사람 사이에 건너기 어려운 강이 흐르게 한다. 통痛이 통通을 가로 막는 것이다. 때론 방향이 엇나가는 바람에 엉뚱한 사람이 찔리는 피해를 입기도 한다. 과실 치상이지만 치명상인 경우 치러야 할 대가는 만만치 않다.

요즘 자꾸 말에 가시가 돋치는 것을 느낀다. 더러는 내가 찔렸는지 찔렀는지 구별이 안 될 때도 있지만 둘 다 통증이 생기는 건 마찬가지다. 가시에 찔려 곪은 상처는 가시로 찔러 빼야 덧나지 않는다고 한다. 그럴 바에야 제대로 찔려 덕지덕지한 미련이나 떨쳤으면 좋겠다.

"우리는 말 안 하고 살 수 없나… 수많은 질문과 대답 속에 지쳐버린 나의 부리여."

그럼에도 우리는 말 안 하고 살 수 없다. 말의 가시 역시 피치 못할 숙명이리라. 아니, 어쩌면 가시야말로 상처에 대한 섬세한 공감능력을 배양하도록 일깨워주는 거울일지 모른다. 타인에 대한 관용과 이해란 찌르고 찔리며 성찰하는 과정에서 얻어지는 열매가 아닐까. 차라리 가시가 자라는 내 안팎의 토양을 따뜻하게 보살펴야겠다고 마음먹는다. 그럼 어느 날, 고슴도치가 제 새끼 함함하게 보듯 하지는 못할지라도 상대를 측은하게 바라보는 연민쯤 생기지 않겠는가.

두 얼굴

"약 안 치믄 되는 게 읎써. 쳐두 보통 치간? 과실나무 같은 건 한 달에 서너 번씩 쳐야혀. 안 그러믄 제 값을 못 받는다니께. 저 배나무 봤쟈? 병치레 허느냐구 못 크잖여. 저짝 배나무는 내뿌려뒀드니 몇 해째 열매를 못 맺드라구. 땡감만 한 거 몇 개 맺군 고만야. 몸에 안 좋다구딜 혀두 팔아 먹을라믄 워쩔 수 없다니께."

비슬비슬 병이 깊어가는 배나무를 보고 심정이 상한 이웃집 할머니가 푸념처럼 쏟아내는 말이다. 이파리마다 거뭇한 반점에 노란 벌레집 투성이고 몇 개 안 달린 열매마저 부실하다. 식구들 먹을 거라고 한 달에 한번만 농약을 쳤더니 그 모양이란다. 그 정도 양으로는 나무가 병충해를 이길 수 없다는 뜻이다. 채소든 과일이든 겉모양이 반드레하고 때깔이 좋은 것일수록 농약을 많이 친 것이라 생각하면 틀림없다. 사실 완벽한 유기농작물 재배란 거의 불가능한 일인지도 모른다. 저농약 농산물의 경우 소출은 20% 이상 줄어드는데 인건비는 배로 추가된다. 손실을 보상받을 만한 판매가 보장되는 것도 아닌데 누가 그런 농사를 지으려고 할 것인가.

먹을거리뿐 아니라 밭둑이나 논두렁의 잡초에도 제초제를 뿌린다. 낫이나 제초기를 사용하는 것보다는 그쪽이 훨씬 경제적이고 손쉽기 때문이다. 게다가 칠순 노인들의 기력으로는 풀의 왕성한 성장을 감당할 수 없다. 실상이 그렇기 때문에 아무 데서나 쑥이나 나물을 뜯으면 큰일 난다. 제초제는 뿌리고 사흘쯤 지나야 서서히 풀이 마르면서 약을 친 표시가 난다. 봄에는 종종 약을 친 그 이튿날 도시 사람들이 내려와 나물을 뜯어 갔다는 말을 듣는다. 그들은 독으로 버무려진 나물을 식탁에 올리는 셈이다. 체내에 축적된 잔류 농약은 우리의 내분비계를 교란시켜 신체조절 기능을 엉망으로 만들 수 있고, 어떤 농약은 신체 마비와 사망을 가져올 정도로 맹독성이 강하다. 일일이 약을 쳤다는 팻말을 박아 놓을 수도 없고 딱한 노릇이다. 실제 살면서 바라보는 농촌의 모습은 결코 낭만적이지 않다.

사람들은 인간을 만물의 영장이라고 한다. 그러나 숫자로만 따진다면 벌레가 인간보다 압도적으로 위다. 게다가 어떤 해충들은 매운 것, 아린 것, 쓴 것, 신 것을 가리지 않는 무차별적 식성에, 빠른 적응력으로 강한 내성을 길러 살아남는다. 그뿐 아니라 신종 바이러스까지 출현시켜 만물의 영장인 인간을 긴장과 공포로 몰아넣기도 한다. 약물의 독성을 증가시켜 보지만 완전 박멸은 이루어지지 않는다. 설상가상으로 각종 농약에 오염된 땅은 본래 지녔던 건강성을 잃고 해충들에게 기세를 제압당하는 악순환에 빠진다. 더 심각한 것은 농업인 가운데 50% 이상이 농약 중독의 경험이 있고, 그로 인해 해마다 세계적으로 4만여 명이 사망한다는 사실이다.

주범은 보나마나 인간의 무지와 이기심, 탐욕일 것이다. 그러나 밥의 논리가 우선인 세상에서 유기농의 이상적인 밥상만을 주장하기엔 우리 삶의 조건이 너무 척박한 데다 거기 지불해야 할 대가가 너무 크다. 게다가 농사를 짓는 분들의 평균 연령이 육십 이상이라는 농촌의 실정도 유기농업의 권장을 어렵게 하는 요인이다. 또 건강을 위한 웰빙에는 열을 올리면서도 정작 그 웰빙을 위한 개인적 비용 지불에는 인색한 게 현실이다. 농약으로 인해 심화되는 중독과 오염의 문제는, 국가적 차원의 거시적인 안목과 구체적이고 실질적인 제도의 마련, 그리고 그 방법을 실천하는 과정에서 발생하는 불편함과 책임을 받아들이는 개인들의 인식이 선행되지 않는 한 풀 수 없는 난제다.

일부 도시 지역의 사람들과 농촌이 결연을 맺어 계약재배 형식으로 유기농업이 시행되고 있는 곳도 없지는 않다. 그러나 그것은 아직 지극히 일부에 해당되는 일이고, 하루 벌어 하루를 사는 사람들에게는 그조차 상대적 박탈감을 느끼게 하는 울 너머 이야기일 뿐이다.

나 또한 거기서 크게 벗어나지 못하는 소시민이다. 뽑고 돌아서면 자라나오는 풀과 승산 없는 싸움을 하기보다 손쉽게 제초제를 뿌려 제거하려는 유혹에서 나는 과연 자유로울 수 있을까. 농약이 인체나 환경에 미치는 영향보다는 당장의 앞가림을 위한 소득을 내는 일에 우선순위를 두지 않는다고 어떻게 장담할 것인가.

'보기에 좋은 것이 먹기에도 좋은 것'이라는 속담은 이제 '보기에 좋은 것은 먹기에 해로운 것이다.'라는 말로 바꾸어야 할지 모른다. 농약이 가져다준 효율과 생산의 증가는 농약중독과 환경파괴라는 부메랑이 되어 우리를 옥죄고 있다. 과연 두 얼굴을 가진 이 문명의 산물은 축복인가 저주인가?

5부 길에서 길을 묻다

나를 잃어버린 자의 노래
엉터리사진가
겨울 사과나무
無心·죄
동행
한 박자의 여유
덤
거미
불청객
야생초 이야기
길에서 길을 묻다

나를 잃어버린 자의 노래

등이 후끈 달아오른다. 옷이 땀에 젖는가 싶더니 금세 등줄기가 서늘하다. 갱년기 불청객이 또 납신 게다. 몸은 고분고분 세월을 쫓아가건만 마음은 딴청이다. 그래도 마음 가는 대로 살아볼 작정이다. 더 이상 기뻐할 그 무엇도 남아 있지 않은 날이 오기 전에.

한 요양원에서 육십 초반에 정신 줄을 놓은 할아버지를 본 적이 있다. 종일 흰 콩 검은 콩을 고르며 지냈다. 어쩌다 기분이 내키면 노래를 불렀다. 부르는 노래는 매양 같았다. 〈도라지타령〉과 〈아리랑〉 노래는 구성지고 표정은 무구했다. 흥이 나면 방마다 돌며 순회공연을 하기도 했다. 요양원 사람들은 그를 가수라고 추켜세웠다. 장단을 맞추고 박수를 쳐 응원하는데 나는 왠지 눈물이 났다.

극한의 고통을 겪을 때 인간은 살아남기 위해 정신을 놓아버린다고 한다. 노인은 자기 이름을 잊었다. 나이도 잊었고 사는 곳도 까맣게 잊었다. 기억하는 건 오로지 그 두 가지 노래뿐이었다. 필경 무슨 사연이 있을 터였다. 무엇이 그로 하여금 그토록 깡그리 자기를 부정하게 만들었을까?

그는 더 이상 행복하지도 불행하지도 않았다. 듣는 순간 말은 망각의 강으로 건너갔고 기억은 늘 부재상태였다. 존재에 대한 그 어떤 자의식도 남아 있지 않았다. 그것은 곧 인간 정체성의 상실에 다름 아니었다. 살아 있는 것은 오직 왕성한 식욕과 배설 욕구였다. 그에겐 치매환자란 새로운 이름이 부여되었고, 인간이란 이름은 과거가 되었다.

"넌 자의식이 너무 강해."

젊은 날 한 친구는 그 말을 남기고 내 곁을 떠났다. 그땐 그 말의 정확한 의미를 알지 못했다. 자의식은 그저 호흡처럼 자연스러운 것이었다. 따로 구별하여 그것의 강함이나 약함 혹은 옳고 그름에 대한 생각을 해본 적이 없었다. 친구의 이별 통보 역시 서로 어긋나는 개성이 부담스럽다는 의미로만 이해했다.

의식 속에 침잠되어 있던 그 말이 수면 위로 떠오른 것은 꽤 오랜 세월이 흘러서였다. 가까이 알고 지내던 지인은 나의 강한 자의식을 뚜렷한 주관과 연결 지어 긍정적으로 해석했다. 그때 불현듯 떠나간 친구의 말이 떠올랐고 자의식에 관한 문자적 해석 이상의 의미를 알고 싶어졌다. '너무'를 강조했던 친구의 말에 문제의 실마리가 있을지도 모른다는 생각이 들었다.

그랬다. 내 안에는 파수꾼처럼 날 감시하는 자의식이 있었다. 그 자의식은 성장 배경과 종교적 가치관에 따른 흑백의 완고한 틀로 이루어져 있었고 천성적으로 민감한 감지 능력을 소유하고 있었다. 수시로 그것의 통제와 검열을 받았으나 내 보호를 위해 필요한 것이라 여겼고 굳이 저항하지 않았다. 그러나 언제부터인가 심한 피로감과 우울증에 시달렸다. 매사를 청교도적인 자의식 안에서 옳고 그름으로 분별하는 세상은 삭막했다. 그에 더해 사슬고리처럼 연결된 완벽주의가 나를 끊임없이 열등의식에 시달리게 했다. 결국 강박적 자의식이 스스로를 가두는 모순에 빠져 있다는 것을 깨달았다. 숨통을 틔우기 위해 자의식과의 타협을 도모했다. 그러나 관성은 완강했고 중도는 어려웠다.

정신 줄을 놓은 할아버지와 나는 반대편 극단에 있었다. 아예 자기를 놓아버린 사람과 자기를 잃어버릴까봐 극단적인 자의식에 집착하는 사람. 두 사람은 스스로 만든 감옥이라는 같은 꼭짓점에서 만나고 있었다. 할아버지의 노래를 들으면서 걷잡을 수 없이 터져 나왔던 눈물은 자기 연민에 다름 아니었다. 그토록 허약하고 부서지기 쉬운 정신 안에 인간의 정체성이 유지된다는 위태하고 허망한 사실과 그것이 또 다른 나의 모습일 수 있다는 절박한 자각이었다.

자의식은 건강하게 살아 있는 사람의 특권임에 틀림없다. 그러나 마음이 통하지 않는 자의식엔 생기가 없다. 이젠 자의식에게 온전히 양도했던 힘과 권리를 분할해서 마음에게 돌려주고 싶다. 몸이 가리키는 인생의 시간표는 더 이상 꾸물거릴 여유를 허락지 않는다. 습지에 유폐되었던 마음에 넉넉히 숨길을 터주리라. 마음과 자의식의 유쾌한 동거를 위하여, 위하여!

엉터리사진가

　궁리만 하다 해가 바뀌고서야 선생을 찾아뵈었다. 가뭄을 해갈하는 단비가 종일 내리던 날이었다. 지난 가을 전시회에서 본 선생의 사진 작업이 궁금하기도 했고 포토 에세이에 실을 내 사진에 대한 조언도 듣고 싶었다. 불쑥 드린 전화에도 선생은 선선히 마음을 내주셨다.

　선생의 작업실은 자신이 운영하는 상가 건물 옥상에 있었다. 넓지는 않지만 아늑하고 짜임새 있는 공간이었다. 놀라운 것은 한쪽 방 사면을 가득 채운 엘피판과 진공관까지 갖춘 오디오 시스템이었다. 선생은 말없이 턴테이블에 판을 걸었다. 잠시 후 터져 나온 음악은 뜻밖에도 강렬한 비트의 팝송이었다. 백발이 성성한 노사진가와는 도무지 어울릴 것 같지 않은 음악이었다.

선생은 내 속내를 읽기라도 한 듯 빙긋이 웃으며 또 다른 작업실로 안내했다. 하늘이 보이게 천장으로 창이 나 있었고 작은 베란다엔 미선나무 꽃이 만개 중이었다. 책상 위엔 눈깔사탕이라고 정갈하게 쓴 한지가 펼쳐져 있었다. 몇 년 전부터 우리말을 글씨로 쓰는 일을 시작했으며 그 또한 독학이어서 어디에도 매이지 않는 자유함이 있노라고 했다. 조형예술에 가까운 글자들에선 범상치 않은 독창성이 느껴졌다.

선생이 건네 준 사진 도록을 펼쳐들었다. 〈엉터리 사진과 늙은이〉란 제목이 붙어 있었다. 얼핏 보기에 추상 회화에 가까운 사진들은 낯설 뿐 아니라 난해하기조차 했다. 주제는 상여나 〈심청전〉처럼 전통적이면서도 느껴지는 이미지는 초현실적이었다. 사진이라는 형식에 다양한 오브제를 이용하여 원하는 주제를 살려냈고, 빛과 색의 자유자재한 운용은 거의 환상적이었다. 시선을 압도하는 강렬한 색채와 구성 그리고 아포리즘적인 글이 삶과 죽음은 한바탕의 축제라는 주제로 구현되고 있었다. 기존 사진의 고정관념을 뒤엎는 독특하고 창의력 넘치는 작품집이었다.

"예쁘고 화려한 것만 풍선처럼 둥둥 떠다니는 세상, 그 아래 가라앉은 진실을 보여주고 싶었어요. 누구도 생사의 굴레를 벗어날 수 없는, 굳이 비극도 희극도 아닌 이 세상을 말이요. 엉터리긴 하지만 이 사진들은 그런 맥락에서 연출된 거예요. 세상에 기술자는 많아요. 그러나 예술가는 드물지요. 예술가는 자기 작품에 대한 철학이 있어야 해요. 끊임없이 한계를 넘어서려는 치열한 노력 말이요. 나는 늘 새로운 시도를 통해 내 사진의 영역을 확장해 왔어요. 남들이 인정해주면 좋겠지만 안 그래도 상관없어요. 어차피 남 즐겁게 하자고 하는 일 아니니까."

선생의 말은 진지했지만 자신에 대한 다짐일 뿐 타인에게 강제하는 말로는 들리지 않았다. 삶의 어둠을 외면하지 않되 그 어둠에 매몰되지 않는 긍정과 수용의 힘이 배어 있었다. 세 번째 전시회는 그야말로 참패였다고 했다. 사진이 팔리기커녕 아무도 사진을 알아보는 사람이 없었고 누구도 이게 무슨 사진이냐고 물어오는 사람조차 없었다는 것이었다. 짐작건대 혁신적인 선생의 작업을 사람들이 이해하기는 쉽지 않았을 터였다. 이후 선생은 다시는 전시회를 열지 않았지만 하루도 쉬지 않고 사진과 글씨 작업을 계속해오고 있다고 했다.

35년 사진을 해 온 그간의 내력을 들으면서 한 분야에 족적을 남기는 일이 얼마나 지난한 것인가를 실감했다. 원하는 사진을 얻기 위해 치르는 대가는 물론이거니와 같은 작업을 하는 사람들 간의 외면과 질시 속에서 어떤 보장도 없이 끝도 보이지 않는 예술가의 길을 간다는 건 보통의 신념으로선 불가능한 일이지 싶었다.

선생에겐 삶과 예술이 다르지 않았다. 살면서 선생은 한 번도 여인의 유혹에 마음을 내어줄 수가 없었다고 했다. 한결같은 마음으로 당신 어머니를 모시는 아내에 대한 고마움 때문이었다. 딱 한 번 마흔 살 무렵 참 괜찮은 여인이 있어 손을 잡았다가 순간 아내의 얼굴이 떠오르는 바람에 단호하게 뿌리친 것이 여성 편력에 관한 유일한 경우였다고 했다. 삶과 예술이 마침내 자연스럽게 합수되는 경지에 이른 선생의 백발은 영화로웠다.

토닥토닥 떨어지는 빗소리의 여운 때문이었을까. 뜬금없이 장사익의 노래를 듣고 싶다는 내 말에 선생은 이심전심이라며 시디를 바꾸어 걸었다. 〈돌아가는 삼각지〉에 이어 〈꽃구경〉이 절창으로 이어질 즈음 나는 솟구치는 어머니에 대한 그리움으로 주책없이 눈물을 쏟고 말았다. 선생은 아무 것도 묻지 않았고 노래가 끝나자 자연스럽게 시디를 정지시켰다. 첫 방문에 면구스럽기 짝이 없었으나 노사진가의 처세는 무심한 듯 편안하기 그지없었다.

'엉터리사진가'를 만나고 봄비 속에 돌아오는 길, 경계를 무너뜨리는 선생의 상상력과 에너지는 영구동토의 내 사고를 무참하게 만들었다. 무엇을 어떻게 쓸 것인가, 다시 근원적인 물음 앞에 섰다. 과연 나는 언제나 그 물음에 후련한 답을 써 내려갈 수 있을 것인가.

겨울 사과나무

　나목裸木의 어린 가지마다 벽돌이 매달려 있다. 무게를 이기지 못한 가지들이 휘우듬 땅으로 기울어 있다. 사과나무는 그렇게 평생 땅을 하늘 삼아 자란다. 겨울에는 나무들이 일손을 내려놓고, 위로 치솟던 혈기도 가라앉히고, 단단하게 안으로 응축되는 시간이다. 마침내 눈발 속에 툭, 살갗이 터지고, 나무는 향기로운 결로 또 한 줄의 나이테를 완성한다. 겨울 과수원의 풍경은 묵언 정진하는 순례자들의 행렬처럼 비장하다.

　사과나무처럼 아버지의 하늘은 땅이었다. 땅은 당신이 거느린 다섯 식구의 목숨을 거두는 유일한 밥줄이었다. 땅은 아버지를 배반하지 않았다. 해마다 다섯 식구의 밥과 꿈이 되었다. 삶은 자주 땡볕과 한파의 극점을 오갔으나 아버지는 한 번도 땅에 대한 믿음을 버리지 않았다. 그럴수록 단단한 옹이를 만들며 깊이 뿌리를 내렸다.

아버지는 산골마을에서 고등학교를 나온 몇 안 되는 사람들 가운데 한 분이었다. 대처로 나간 사람들은 어연번듯한 차림새로 고향을 찾아왔고, 그때마다 어머니는 도시로 나가야 사람 노릇한다며 아버지를 채근했다. 어느 해 아버지는 그해 농사지은 쌀을 팔아 돈을 대고 서울 이름 있는 회사에 취직을 했다. 그러나 천성적인 시골 사람이었던 아버지는 도시 생활을 오래 견디지 못하고 이듬해 귀향했다.

어머니는 아버지의 결단에 상심했다. 불화는 필연적이었다. 죽을 때까지 한곳에서 자라는 나무. 비탈이든 골짜기든 주어진 대로 사는 나무. 아버지는 그 나무처럼 우직했고 어머니는 개방적인 데다 활력이 넘쳤다. 물과 불처럼 달랐던 두 분은 자주 다투었다. 그 불화의 틈바구니에서 나는 조숙했고, 아버지가 짊어진 삶의 무게와 외로움을 일찌감치 이해했다.

그 후 아버지는 소처럼 일했고, 해마다 땅을 샀다. 아버지의 올곧은 가르침 아래 자식들은 순하게 자랐다. 한때 농투성이 아버지를 부끄러워 한 적도 있었다. 서울서 놀러 온 얼굴 하얀 친구들을 볼 때였다. 나는 늘 가무잡잡한 얼굴에 단발머리 그리고 어머니가 재봉틀로 박아 준 촌스러운 옷을 입고 있었다. 말은 어눌했고 읽는 책이라곤 학교에서 빌려다 보는 것이 전부였다. 서울 아버지를 둔 친구들이 부러웠고 그 아이들이 쓰는 깍쟁이 같은 말투는 딴 세상의 언어처럼 들렸다.

외아들에 대한 아버지의 집착은 대단했다. 집안의 모든 상황은 아들을 중심으로 돌아가다시피 했다. 아들이 고등학교엘 들어갈 무렵 아버지는 서울로 이사를 했다. 목숨 같은 땅덩어리를 팔았으나 서울 한복판에 집을 사고 나니 남는 게 별로 없었다. 늦은 나이에 몸으로 때우는 일자리를 얻었다. 안타깝게도 아들은 당신의 원대로 되지 않았다. 뿌리를 옮긴 나무처럼 아버지는 호되게 앓았다. 그러나 이내 병을 떨치고 일어나 밤낮으로 일에 매달렸다. 타지에 땅마지기나 사고 나서야 아버지는 활기를 되찾았다.

고된 노동으로 힘줄이 불거지던 팔뚝과 북두갈고리 손은 아버지에 대한 지울 수 없는 표상이었다. 칠십이 넘도록 일손을 놓지 않다가 두 번이나 고목처럼 쓰러진 후에야 일을 접었다. 이제 아버지는 수액이 바닥 난 겨울나무 같았다. 그 수액을 다 받아먹고도 신앙이었던 아들은 나무처럼 강건하지 못했다. 마흔이 넘도록 앞가림이 부실하여 당신의 생인손이 되었고, 심약했던 나는 평생 아버지 가슴의 응어리였다. 그 딸이 쓴 글을 읽고 팔순의 아버지는 애면글면 아들 뒤만 봐주느라 날개를 달아주지 못했다며 울먹였다. 아버지라는 운명의 슬픈 굴레, 가슴이 쓰라렸다.

나무의 심재心材는 죽어서도 중심을 놓지 않는다. 자라는 나무의 건강과 균형을 지켜주기 위해서다. 자식에 대한 아버지의 헌신이 그러하리라. 굽은 허리로 언 땅에 발을 묻은 사과나무. 내겐 아버지의 한 생이 돌아 보이는 슬픈 초상이다. 그 노구의 메마른 물관에서 시린 겨울 바람소리가 들려오는 듯하다.

無心죄

무슨 말을 해야 할까? 시선이 뿌옇게 흐려지고 뜨거운 기운이 목구멍을 치받쳐 오른다. 가까스로 호흡을 가다듬고 병실 문을 연다. 나를 보자마자 울음을 터뜨리는 그녀. 말은 입 안에 갇히고 으으, 저속 깊은 곳에서 터져 나오는 괴성이 짐승의 울음 같다. 침이 눈물처럼 마비된 입가로 흘러내린다. 가래와 타액이 섞인 액체는 쉽게 닦이지 않고 입가에 늘어진다.

헐렁한 스웨터도 앙상한 그녀의 몸을 다 감추진 못한다. 둥그러니 후덕하던 인상은 간 데 없고, 흐려진 눈빛에 허리는 구부정하다. 뻣뻣하게 굳은 신체 부위 중 간신히 움직일 수 있는 것은 엄지손가락 하나뿐이다. 서러울수록 흐드러지게 창가를 부르고, 우쭐우쭐 어깨춤을 잘 추던 여자, 제 안의 뜨거운 정 때문에 바닥까지 자기를 내어주던 사람. 이젠 마른 나무 같은 육신에 주사바늘을 꽂고, 마지막 숨을 모아 제 몸을 덥히고 있다.

그녀는 내게 혈육 같은 사람이었다. 십 년이나 되는 나이 차이에도 윗사람 대접을 받으려고 한 적이 없었다. 도리어 젊은 사람에게 배울 것이 많다며 조언을 구하기를 부끄러워하지 않았다. 음식 솜씨도 뛰어나서 여태껏 그녀가 해준 것보다 맛있는 겉절이를 먹어본 적이 없었다. 내가 수술을 하고 병원에 입원해 있을 때는 친정엄마처럼 같이 밤을 보내 주었고, 시부모님이 돌아가셨을 때도 사흘 밤낮을 내일처럼 돌봐주었다. 이웃에 사는 동안 한 번도 우리 집 김장을 걸러본 적이 없을 만큼 정이 도타웠다.

그러던 그녀가 집안 사정으로 멀리 이사를 가게 되었다. 이삿짐을 꾸려 떠나던 날, 하필 볼 일이 생겨 배웅을 나가지 못했다. 시간을 다투는 일은 아니었지만 일정의 조절이 가져올 번거로움이 핑계가 되었다. 열일을 제쳐놓고 찾아가야 하는 사람이었고, 애당초 그런 약속을 만들어서도 안 되는 일이었다. 그 일은 두고두고 나를 후회하게 만들었다.

이사를 가고 사나흘쯤 지나서였다. 그녀가 다른 사람을 통해 섭섭함을 전해 왔다. 그 허우룩함이 깊어 여간해서는 맘이 돌아설 것 같지 않다고 했다. 즉시 감정을 풀기 위한 노력을 하는 것이 도리였지만 서두르지 않았다. 거리도 멀고 직접 만나서 말씀드리는 것이 예의

지 싶어 벼르다 그만 늦어진 것이었다. 그 일은 더욱 그녀의 마음을 얼어붙게 만들었다. 달포쯤 지나 만난 자리에서 나는, 마음으론 한 번도 당신을 멀리 한 적이 없노라고, 사랑하는 마음은 변함이 없다고 말했지만 때는 이미 늦은 뒤였다.

그녀의 상처 받은 마음을 위로하기란 쉽지 않았다. 그 후 좀처럼 만날 기회를 허락하지 않았다. 사과하고 용서를 구할 적절한 때를 놓친 것이 불찰이었다. 그 이면에는 때가 되면 알리라, 굳이 변명하지 말자 그렇게 내 마음의 진정성만을 믿었던 무심함이 있었다. 필경 평소에 쌓인 나의 그런 무심함이 그녀를 그토록 노엽게 했으리라는 생각이 들었다. 사실 행동을 수반하지 않는 진정성, 상대가 알지 못하는 진실이 무슨 의미가 있겠는가. 상대방의 감정을 헤아리지 않은 채 내 위주로 해석한 무심의 대가였다.

종종 인편으로 그녀에 관한 소식을 전해 들었다. 그녀는 새로운 환경에 적응하고 지역의 봉사활동에 충실하면서 서서히 생활의 안정을 찾아가는 것 같았다. 다행이다 싶으면서도 최선을 다하지 못한 데 대한 아쉬움은 목에 가시처럼 남아 있었다.

"언니가 급성 루게릭병에 걸렸대. 지금 병원에 입원해 있는데 상태가 꽤 심각한가봐."

2년 만에 전해들은 그녀의 소식은 충격적이었다. 마음이 조급했다.

밤새 뒤척이다 새벽들이 그녀를 만나러 달려갔다.

그녀는 혼신의 힘을 다해 내 손바닥에 글자를 썼다.

"보고 싶었어."

"죄송해요, 늦게 와서…."

"미안해. 진심 아닌 거 알지?"

"날 미워해도 좋으니까 부디 일어나기만 하세요."

그녀의 눈에 다시 눈물이 괴었다. 사랑만이 삶에서 유일하게 남는 진실한 경험이라는 것을 가르쳐준 사람. 애석하게도 사랑의 빚을 갚을 시간이 많지 않다. 무심도 죄려니, 어쩌자고 막다른 골목에 이르러서야 깨닫게 되는 것이냐.

동행

버릇처럼 새벽 5시면 눈을 뜬다. 연무가 짙은 걸 보니 날이 쾌청하진 않을 모양이다. 주섬주섬 옷을 챙겨 입는다. 새벽 산책을 나가기 위해서다. 모처럼의 결심이 기특했는지 남편이 앞장을 선다.

들길 어귀에서 삽자루를 둘러맨 할아버지를 만난다. 백로가 모를 낸 논을 휘젓다 할아버지에게 혼쭐이 난다. 남편이 황새와 백로, 두루미와 왜가리의 차이를 묻는다. 차이를 설명해줄 만큼 새에 대해 아는 게 없다. 확신도 없이 저 녀석은 분명 백로일 거라고 대답한다. 남편도 큰 기대 없이 물었을 것이다. 걷는 동안 주고받은 말이라야 대여섯 마디. 그래도 어색하지 않다. 내 허물어진 뒷모습을 부끄러워하지 않아도 되는 유일한 남자다.

콩알만 하게 오디가 열렸다. 불그레하게 물이 들기 시작한 것도 있다. 볕이 좋으면 며칠 사이에 검붉게 익을 것이다. 들길 옆이라 농약을 쳤을 거라고 남편이 주의를 준다. 논둑의 풀이 누렇게 말라 있고, 뽕나무 잎이 지기를 펴지 못 하고 오그라드는 것도 그 때문일 것이다. 이렇게 해마다 약을 뿌려대면 결국 땅은 척박해지고 거기서 자랄 수 있는 건 독약을 견디는 슈퍼잡초뿐일 것이라는 내 우려에 남편은 자못 심각한 표정으로 말을 받는다.

"농부들에게 여름은 풀과의 전쟁이야. 하루 새 자라나는 풀들을 감당할 수 있는 건 제초제뿐이지. 내성이 생긴 풀들은 더욱 억세고 강해져서 제초제의 성분도 강화될 수밖에 없어. 안타까운 것은 농사를 짓는 분들이 대부분 노인들이라는 거야. 일손도 모자라는 판국에 논둑의 풀까지 손으로 베기를 기대하는 것은 무리라고. 게다가 쌀값이 가마당 13만 원까지 내려갔으니 무슨 신명이 나겠나. 농약의 남용도 문제지만 열악한 농업 조건을 개선하는 일은 더 시급하고 중요하다고."

입장에 따라 우선순위는 달라지고 문제의 해법은 간단치 않아 보인다. 백로가 날아드는 논은 그래도 희망이 있는 게 아니냐고 위안을 한다.

땅심을 받기 시작하면 모는 쑥쑥 자란다. 조만간 들녘은 푸른 초장이 될 것이다. 그러나 눈으로 보기에 아름다운 것만큼 현실은 그렇게 녹록지 않다. 백로에서부터 잡초, 호랑거미에 이르기까지 살아내는 일의 힘겨움은 비슷하다. 여름 초입에 벌써 씨앗을 맺고 한 생을 마무리하는 잡초들도 있다. 자기보다 더 억세고 강한 것들에 치이기 전에 종족 보존의 사명을 완수해 내는 영악함. 제초제의 홍수 속에서도 해마다 되살아나는 강인함. 그들이야말로 들길의 강자다.

오늘 따라 남편의 어깨가 더 구부정해 보인다. 옷은 헐렁하고 걸음걸이도 예전처럼 씩씩하지 않다. 이순 가까이 생존의 정글을 헤쳐 왔으니 뼈에 바람이 들고 등이 굽기도 했을 테다. 우직하게 제 몸 하나 부리는 재주밖에는, 처세에 능하지도 잡초처럼 억세지도 못한 사람. 살아남기는 하였으나 더 이상 용맹한 기운은 남아 있지 않다. 속절없이 흰 꽃 성근 머리카락만 훈장으로 남았다.

불혹의 고개를 넘던 어느 날 남편의 센 머리를 보면서 옹이꽃이란 시를 끼적인 적이 있다.

　　등나무 꽃이 피었습디다/ 배배 꼬인 마른 줄기마다 치렁치렁 하얗게 피었습디다/ 한 생을 살라 피는 일인데 어찌 무염하겠습니까/ 오늘따라 그 꽃이 마음에 콱 와 박힙디다/ 더 이상 꽃 피지 못 하는 어떤 등나무의 생이 겹쳐 떠오른 까닭입니다/ 제 몸 부리는 재주 말고는 가진 게 없는 사람입니다/ 등나무처럼 휘어서야 그 몸에 생긴 마디며 옹이가 눈에 보입디다/ 들녘에 피고 지는 꽃만 노래할 줄 알았지/ 그 사람 등뼈에 꽃 피고 지며 생기는 옹이는 보지 못했습니다/ 그 사람 옹이가 가슴에 못이 되어 박힙디다/ 내어 준 세월만큼 옹이로 마디진 한생은 그대로 꽃입디다/ 세상엔 꼭 마음으로만 보이는 꽃도 있음을 알겠습니다/ 등꽃 깨우침으로 멀었던 눈 뜨고 옹이꽃

가슴에 심은 날입니다

걷다 보니 어느새 남편과 어깨가 나란하다. 함께 걸음을 맞춰 온 시간이 길었다는 의미일까. 돌아보면 두 사람의 보폭엔 많은 간격이 있었다. 그 간격 때문에 마음이 엇갈린 시간도 많았지만 가야 할 방향만큼은 잃지 않으려고 노력했다. 이젠 그 간격이 도리어 편안하다. 조금은 무덤덤하고 밋밋한 관계, 오랜 동행에서 오는 익숙함이자 편안함이다. 그래, 남은 것이 연민뿐일지라도 그 연민이야말로 능히 또 한 세월을 감당해낼 수 있는 버팀목이 아니랴. 비로소 알 듯싶다. 미움의 안받침이 없는 사랑은 왜 진짜 사랑이 아닌가를.

한 박자의 여유

산길은 가팔라지고 계곡의 물소리는 점점 멀어졌다. 앞서 가던 한 남자도 오던 길을 되돌아 내려갔다. 그러고 보니 이쪽으로 가는 사람은 우리뿐이었다. 아무래도 길을 잘못 든 것 같았다. 돌아가기엔 너무 멀리 와 있었다.

길은 뱀사골 입구에서 갈렸다. 오른쪽은 인위적으로 조성된 산책로였고 왼쪽은 자연탐방로였다. 문제는 생각 없이 자연탐방로란 팻말에 시선이 꽂힌 데 있었다. 오른쪽 산책로와 비슷하게 계곡을 따라 완만하게 이어질 것이라는 근거 없는 믿음도 한몫을 했다. 작년에 왔다간 경험을 믿고 입구에 설치된 안내지도는 아예 보지도 않았다. 막연한 기억에 의존하면서도 확신만은 굳건했으니.

해는 성큼성큼 산봉우리 쪽으로 다가들고 있었다. 어두워지면 길을 잃고 실족할 만큼 험한 길이었다. 게다가 한 친구는 암수술을 받고 겨우 회복된 상태라 오랜 산행을 하기엔 무리였다. 더 이상 미룰 수가 없었다. 친구들에게 길을 잘못 들었다는 사실을 알렸다. 그들은 한목소리로 호젓한 길이어서 더 좋다며 되레 나를 격려했다. 이미 짐작을 하고 있었던 눈치였다.

의견이 분분히 오갔다. 아픈 친구가 가는 데까지 가보자고 밀어붙였다. 그러나 길은 점점 좁아지고 불쑥불쑥 날카로운 바윗돌이 앞을 가로막았다. 숨은 턱에 차고 다리는 후들거렸다. 내색도 못하고 힘에 겨워 할 친구를 생각하니 단풍은커녕 아무 것도 눈에 들어오지 않았다.

삼십 분쯤 더 올랐을 때였다. 시야가 훤해지는가 싶더니 오르막이 끝나는 등성이에 키가 우뚝한 소나무가 눈에 들어왔다. 주변의 잡목들이 깔끔하게 정리되어 있는 걸 보면 큰길과 멀지 않은 거리라는 생각이 들었다. 이정표라도 만난 듯 반가웠다. 등성이를 넘어서자 산자락에 인가 한 채와 계곡 이쪽으로 연결된 다리가 눈에 들어왔다. '살았다!' 길을 찾았다고 친구들에게 소리쳤다.

그런데 이게 웬일인가. 인가 쪽으로는 아예 길이 나 있지 않았고 길은 여전히 산 위를 향해 있었다. 결단을 내려야 했다.

"길이 다시 오르막이야. 얼마큼 가야 큰길과 연결될는지 장담할 수 없어. 날은 곧 어두워질 텐데 큰일이네. 내 생각엔 인가로 바로 내려갔으면 해. 물론 길은 없어. 우리가 만들면서 가야 한다고."

친구들은 가시덤불과 키를 넘는 잡목으로 우거진 숲을 망연히 바라보았다. 내가 앞장을 섰다. 친구들은 불안한 시선으로 뒤를 따랐다. 나무의 잔가지를 부러뜨리며 길을 냈다. 겉옷이 찔레덩굴에 뜯겨 찢어졌다. 뒤에선 연신 어이쿠, 하는 소리가 들려왔다. 내리막길에 마른 흙이 부서지며 발이 미끄러지는 바람에 나는 크게 엉덩방아를 찧었다. 통증이 느껴졌지만 길을 내야 한다는 조바심으로 벌떡 일어섰다. 그렇게 이십여 분을 헤치고 내려와서야 인가로 이어진 소롯길로 들어섰다.

큰 길로 나와 이정표를 확인했다. 이런! 우리가 올라온 길과 연결되는 길이 인가에서 멀지 않은 위쪽으로 나 있었다. 조금만 더 올라갔더라면 어렵지 않게 발견할 수 있었던 길이었다. 내 조급함 때문에 또 한 번 친구들을 고생시킨 꼴이었다. 게다가 정신없이 지나면서 흘깃 보았던 소나무는 지리산의 그 유명한 천년송千年松이었다나.

때로 길은 잃어버림으로써 확연해지고 확장될 수 있다. 이정표나 대로라고 해서 예측을 불허하는 삶의 모든 상황으로부터 나를 지켜주는 것도 아니다. 죽고 사는 일도 아닌데 다소 늦어진들 대수일까. 온통 길을 찾는 데만 정신이 팔려 풍경도 산행의 즐거움도 다 놓치고 말았으니…. 그래, 한 박자의 여유, 어쩌면 인생의 많은 희비가 거기서 엇갈리는지도 모를 일이다.

덤

산골아이였던 내게 바다는 멀고 먼 풍경일 뿐이었다. 깊은 물이라야 장마철이면 불어나던 개울물과 못자리 물을 저장한 봇물을 본 것이 전부였다. 어느 핸가 그 보에 누가 빠져 죽었다는 소문이 나돌았다. 들일을 나가신 아버지 물심부름을 가다 그 보를 본 적이 있었다. 가생이엔 물풀이 무성하게 자라 있었고 고요한 수면은 우물처럼 깊어 보였다. 누가 잡아끌기라도 하듯 뒷다리가 켕겨 걸음이 제대로 걸리지 않았다.

나는 자주 물에 빠지는 꿈을 꿨다. 알 수 없는 일이었다. 들어올 때는 분명히 길이 있었는데 돌아나가는 길이 사라져버린 것이다. 한쪽은 깎아지른 벼랑이고 한쪽은 깊이를 알 수 없는 바다였다. 시퍼런 물살은 빠른 속도로 정강이까지 밀려 들어왔다. 허둥댈수록 다리는 물속으로 미끄러져 들어가고 숨이 막히는 공포 속에서 비명을 지르다 꿈에서 깼다. 어머니는 헛소리를 지르는 나를 보고 몸이 허약한 탓이라며 근심했다.

물에 대한 두려움은 다분히 상상적인 것이었지만 나이가 들어서도 나는 바다를 그닥 좋아하지 않았다. 고향처럼 터 잡고 살던 도시를 떠나 바닷가 마을로 이사했을 때 사람들은 나를 부러워했다. 그들에게 바다는 낭만이었으나 익숙한 거처를 떠나 온 내겐 먼 이국처럼 외롭고 낯선 풍경일 따름이었다.

어느 날 가까운 벗들이 나를 보러 왔다. 바다는 빼곡한 회색 건물에 둘러싸여 살던 그들에게 일상으로부터의 탈출을 알리는 완벽한 신호일 터였다. 나는 바다에서 난 날것들을 점심으로 대접했고, 제법 운치 있다고 여겨지는 해안으로 그들을 안내했다.

안섬을 끼고 해안으로 연결된 도로는 울퉁불퉁 비포장 도로였다. 길 끝에는 최근에 만들어진 방파제가 있었다. 오른쪽으론 서해대교가, 왼쪽으론 평택항이 건너다보이는 고즈넉한 곳이었다. 휴일이라 낚시를 하는 사람들이 더러 눈에 띄긴 했으나 비교적 한적했다. 마침 마음에 드는 자리가 있어 차를 대려고 브레이크를 밟았다. 웬일인지 차의 속도가 줄지 않았다. 나는 한 번 더 힘주어 브레이크를 밟았다. 순간 차가 방파제를 넘어 근 5M 아래 바닷속으로 뛰어들었다.

이상하게 아무도 비명을 지르지 않았다. 어떻게 된 상황인지 알아차렸을 때는 차가 바닷물에 잠기고 있었다. 내 핸드폰은 차가 추락함과 동시에 바닥으로 내동댕이쳐졌고 이미 물에 젖어 작동을 하지 않았다. 조수석에 앉았던 친구는 119에 전화하라는 나의 외침에 허둥대기만 할 뿐 버튼을 누르지 못했다. 물의 압력으로 인해 창문은 열리지 않았고 안으로 스며들어온 물은 벌써 의자를 적시고 있었다. 낚시를 하던 사람들이 뛰어내려와 차의 트렁크 쪽을 붙잡았다. 가라앉는 속도를 늦춰 보려는 궁여지책이었을 것이다. 이때 차 주변을 돌아보던 사람이 갑자기 오른쪽 차창을 두드리며 소리쳤다.

"너무 걱정마요. 바퀴가 바위에 얹혀 있어서 쉽게 가라앉지는 않을 거요. 구조차도 곧 도착할 거고."

마침 썰물 때라 물이 빠지면서 뒤쪽 창문이 열렸다. 친구들은 소지품들을 내버려둔 채 허둥지둥 차 안을 빠져나갔다. 나와서 보니 차가 떨어진 곳은 요행히도 선착장을 만들기 위해 쌓아 놓은 돌무더기 위였다. 차량의 절반 가량이 그 돌무더기에 비스듬히 걸쳐 있었다. 차가 더 이상 물에 가라앉지 않은 이유를 알 수 있었다. 게다가 물이 스펀지처럼 차가 추락할 때의 충격을 흡수하는 바람에 아무도 다친 사람이 없었다. 너무 긴장하면 액셀러레이터 대신 브레이크를 밟을 수도 있다는 말과 함께 사람들은 하늘이 도왔다고 입을 모았다. 요란한 경고음과 함께 앰뷸런스와 특수 견인차 두 대가 들이닥친 것은 일이 벌어지고 나서도 한참 후였다.

그 후 나는 종종 차를 타고 추락하는 꿈을 꾸었다. 브레이크가 말을 듣지 않아 몇 중 추돌사고를 일으키는 꿈도 꾸었다. 바닷가 근처에는 얼씬도 하지 못했고 어쩔 수 없이 다리 위를 지날 때는 다리목 어름에서부터 추락에 대한 공포로 몸서리를 쳤다. 친구들은 죽었다 다시 산 것이나 다름없다며 위로했지만 나는 오 년이 지나도록 사고의 악몽에서 벗어나지 못했다.

종종 자동차 추락사고로 목숨을 잃었다는 뉴스를 접할 때마다 나는 멀쩡하게 살아 있는 현실에 감사했다. 어쩌면 그 후의 삶은 덤이라 해도 틀리지 않을 터였다. 얼마 동안은 그런 만큼 목숨과 삶의 소중함을 느끼며 잘 살아야 한다는 성찰도 없지 않았다. 그러나 성찰은 감상의 경계를 넘지 못했고, 삶은 다시 아무 일도 없던 것처럼 평범하고 단순하게 흘러갔다.

그러다 지난해 어머니가 돌아가시면서 죽음이 진지한 화두가 되었다. 삶의 반대편에 접근할수록 삶이 또렷하게 보였다. 삶이 또렷해짐으로 죽음 또한 선명해졌다. 뒤늦게야 내가 죽음의 문턱에 한 다리를 들여놓았었다는 것을 실감할 수 있었다. 저 어린 시절 한 소문에서 시작된 물에 대한 막연한 두려움 역시 죽음과 연결되어 있다는 것을 깨달았다. 추락사고 후 8년이 지나고서야 나는 사고의 악몽을 직시했고 죽음을 긍정했으며 삶을 선물로 받아들이는 일이 가능해졌다.

그때 내가 물에서 살아 나오지 못했다면 저 푸른 들판을 가로 지르는 백로의 우아한 날갯짓을 어찌 다시 볼 수 있었을 것인가. 아니, 귀밑머리가 세어가는 그 사람과 깜찍발랄한 연애 드라마를 보며 무덤덤한 듯 평화로운 저녁을 맞는 일 또한 가능하지 않았을 것이다. 내가 누리는 일상의 모든 것이 새로웠다. 생과 사가 간발의 차이로 결판나는 우연 속에서 내가 다시 오늘이라는 시간 위에 굳건히 서 있다는 것, 그보다 멋진 덤이 어디 있겠는가.

거미

녀석과 눈이 마주쳤다. 아니, 내가 일방적으로 쳐다보았다고 하는 게 맞을 것이다. 언제부터 녀석이 거기 있었는지는 알 수 없었다. 녀석의 등장으로 모처럼 즐기려던 오수의 꿈을 놓치고 말았다.

저 정도 안정감이면 다따가 뚝 떨어지는 일은 없을 것이다. 하지만 녀석의 기력이 쇠하거나 방심하여 떨어지는 경우도 예상해보지 않을 수 없었다. 만약 그 위치에서 직선으로 떨어진다면 충돌지점은 누워 있는 나의 코나 입술 언저리가 될 것이었다. 생각만으로도 콧등이 근질거렸다.

녀석은 도대체 어디로 들어온 것인가. 제 아무리 고공비행에 능하다 할지라도 아파트 13층은 결코 만만한 높이가 아니다. 게다가 베란다의 촘촘한 방충망을 뚫고 들어온 걸 보면 꽤나 용의주도한 놈일지 모른다. 어쩌면 집단의 구속이 싫어 인간의 거처로 피신해온 건방진 아웃사이더는 아닐까. 미물 주제에 감히 인간의 실내까지 쳐들어와 그것도 천장에 달라붙어 위협을 가하다니, 불쾌하기 짝이 없었다.

녀석과의 기싸움이 심드렁해질 즈음 전화벨이 울렸다. 통화가 미주알고주알 수다로 길어지면서 나는 잠시 녀석의 존재를 잊었다. 그리고 몇 페이지 안 남은 책을 마저 읽기 위해 자리를 옮기면서 녀석은 한동안 내 의식 밖으로 사라졌다.

저녁 설거지를 할 때였다. 개수대에 둥둥 뜬 검은 콩 껍질을 보는 순간 불현듯 녀석의 존재가 생각났다. 알맹이가 쏙 빠져나간 서리태의 퉁퉁 불은 껍질. 색깔이며 모양이 녀석의 물컹한 등짝과 닮아 있었다. 물이 뚝뚝 떨어지는 고무장갑을 낀 채 거실로 달려가 녀석의 위치를 확인했다. 여전히 같은 자리에 껌딱지처럼 붙어 있었다. 등피에 느껴지는 탄력으로 보아 죽은 것 같지는 않았다. 알아서 제 갈 곳으로 가면 좋으련만 대관절 어쩌자는 것인가.

나의 곤충 학대 이력은 다양하다. 십수 마리의 개미를 한꺼번에 엄지손으로 비벼 죽인 일, 2.5cm 가량의 바퀴벌레를 파리채로 단번에 때려잡은 일, 나방을 휴지로 인정사정없이 압사시킨 일 등등. 그러나 이번에는 손에 피를 묻히고 싶지 않았다. 쉰 줄을 넘기면서 성질이 눅은 것도 한 원인일 테지만 진짜 이유는 카프카의 소설 ≪변신≫에 등장하는 '그레고르 잠자'였다. 왠지 거미는 혼자 쓸쓸하게 죽어간 그

레고르를 연상시켰다. 이 엉뚱한 동일시는 소외된 인간, 필경 스스로
에 대한 연민일 것이었다.

싸움도 길어지면 경계가 느슨해지는 법, 나는 녀석이 제법 만만해
졌다. 느긋하게 앉아 9시 뉴스를 보기도 하고 공연히 오지 않는 전화
의 폴더를 습관적으로 여닫기도 했다. 문득문득 녀석이 벽을 타고 내
려오는 상상으로 등이 가려웠으나 제 목숨 아까운 줄 알면 경거망동
은 하지 않으리라 여겼다. 다행히 녀석은 내 깊은 잠속까지 쳐들어오
지는 않았다.

이튿날 날이 밝자마자 천장을 확인했다. 어제 그대로였다. 슬그머
니 자존심이 상했다. 태평하다 못해 의연하기까지 한 녀석의 태도 때
문이었다. 사실 어제 녀석을 만난 이후 나는 은근히 그의 존재가 의
식되어 뒤숭숭했던 것이다. 한낱 미물을 상대로 좌불안석이라니 체
면이 말이 아니었다.

그간의 정황대로라면 녀석은 이틀째 금식 중인 게 틀림없었다. 우
화등선의 소망을 품고 면벽수행이라도 하려는 것인가. 그의 요지부
동이 묘하게 나의 신경을 건드리고 있었다. 전전긍긍 녀석이 헛된 미
망에서 깨어나기를 기다렸다. 순전히 나의 평안과 자유를 위해서임
은 물론이었다.

녀석의 동태를 살피는 일도 흐지부지 흥미를 잃어가던 사흘째 아
침, 마침내 녀석이 종적을 감추었다. 그의 흔적을 찾아 집안 구석구석

을 뒤졌다. 이 무슨 집착인가 싶게 수색은 철저했으나 녀석의 행방은
끝내 묘연했다. 알 수 없는 허망함 끝에 문득 죽비처럼 내려치는 한
생각. 미망에서 깨어날 사람은 바로 나라는 사실이었다.

불청객

    지난 봄 베란다에 홀연히 불청객이 나타났다. 까마중 한 포기가 난 화분에 곁방살이를 차린 것이다. 한동안 제법 어우러져 지내는가 싶더니 슬그머니 난을 몰아내고 주인 행세를 했다. 억척스레 가지를 치고 한 해 두 차례나 꽃을 피웠다.

    다른 화초들에는 물을 주면서 까마중엔 물을 주지 않았다. 귀애하던 난을 말려 죽인 행짜도 얄밉거니와 은근히 잡초라고 업신여기는 마음이 없지 않았다. 꽃이 피는 걸 보고서야 불현듯 저것도 산목숨인데 싶어 찔끔 물을 끼얹어 주었다. 힘에 부쳤던지 잎에 노랑병이 들어 있었다. 녀석은 끝내 열매를 맺지 못 하고 명줄을 놓았다.

    인정머리 없는 주인을 만나면 집 안에 있는 화초들은 고스란히 서서 굶어 죽을 수밖에 없다. 어쩌다 내 집안에 흘러들어와 저리 천덕

꾸러기 신세가 되었을까. 바람 많은 바깥세상이 싫어 팔자라도 고쳐 볼 심산이었을까. 나비도 벌도 없는, 주인의 눈길마저 차가운 베란다에서 까마중은 그예 풍찬노숙風餐露宿의 옛 시절을 그리워하게 되지 않았을까.

베란다에 다시 봄이 왔다. 빈 화분에 이름 모를 새순이 돋아났다. 한 뼘쯤 자라서야 그것이 까마중이란 걸 알았다. 이번엔 화분 옆구리 물구멍에 뿌리를 내린 채였다. '하필 좁아터진 물구멍에 자리를 잡을 게 뭐람.' 들랑거리며 조바심을 치는 동안 녀석은 오달지게 품을 늘려 갔다. 그동안 차별을 두었다가 죽게 한 것이 마음에 걸려 오며가며 눈길을 건넸다.

돌이켜보니 생각 없는 차별로 옹색하게 마음을 웅크린 적이 많았지 싶다. 다분히 겉모양새에 따른 선입견이었다. 포장이 신분을 상징하는 세상, 그 상징의 위력으로부터 자유롭기는 쉽지 않았다. 사람이든 물건이든 그럴듯한 포장에 마음이 현혹된 경우가 얼마나 많았던가. '보기에 좋은 것이 좋은 것이다. 가능한 번드레하게 꾸며라. 그러면 사람들은 너를 대접해줄 것이다.' 어느새 내 욕망도 세상의 선전에 포획되어 있었다. 화초의 귀공자로 대접받는 난, 한낱 잡초로 취급되는 까마중. 나도 모르게 겉모양새로 식물의 귀천까지 가리고 있었던 것이다.

사실인즉 까마중은 꽃은 수수하지만 약용식물로서는 인간에게 아주 유용했다. 진통, 항염, 항암작용을 하고 잎에서부터 열매, 뿌리까지 약재나 식용으로 쓰이는 알짜배기 식물이었던 것이다. 그러나 난은 꽃은 아름답지만 약용식물로서의 가치는 없었다. 효용성으로만 따진다면 까마중이 난보다 천대받을 이유가 하나도 없었다.

우주적 층위에서 보자면 나 역시 까마중보다 나을 것 없는 존재일 수 있다. 사실 식물과 인간은 서로 상생적인 관계가 아닌가. 차별이 아니라 차이를 인정하면서 공생해야 하는 또 다른 생명체인 것이다. 제 안위를 챙기는 데 급급하여 까마중만 한 덕도 지니지 못 했으면서 무슨 자격으로 귀천을 나누고 효용과 무용을 가린단 말인가.

근거 없는 나의 편애를 사죄라도 하듯 까마중에 넉넉히 물을 주었다. 그런데 줄기가 생기 없이 고개를 떨어뜨리기 시작했다. 꽃은 벌어지다 말고 시들었고 잎엔 허연 반점이 생겼다. 물을 너무 많이 주면 뿌리가 썩는다던 친구의 말이 떠올랐다. 마른목에 내리 닷새를 들이부었으니 탈이 날 만도 했다. 물 주는 횟수를 줄이고 강한 햇빛을 피해 그늘에 놓아두었다. 사나흘 지나자 잎에 푸른 기운이 돌기 시작했고 이레째는 오므라들었던 꽃망울이 부풀어 올랐다.

흰 꽃잎 벙글던 아침, 오래 눈을 맞추었다. 마침내 까마중이 고투 끝에 불청객 신세를 면하게 된 날이었다.

야생초 이야기

여뀌

암만 뒤살펴도 볼품이라곤 없다. 그것도 꽃이냐고 할만하다. 좁쌀만 한 봉오리를 다닥다닥 매단 채 꽃이 핀 듯 만 듯 매양 같은 모습이다. 하고 많은 이름 중에 하필 여뀌다. 어딘지 괴팍스럽고 심술궂은 느낌이 드는 이름 아닌가. 형편이 그렇다 보니 아무도 눈길을 주지 않는다. 생명력이 강해서 밭둑이고 논둑이고 습기가 있는 곳이면 어디든 뿌리를 내린다.

사시랑이같이 가는 줄기에 셀 수 없이 많은 봉오리를 매달고 있어도 정작 꽃이 피는 건 몇 되지 않는다. 나머지는 시늉만 하는 가짜 꽃이다. 여뀌는 꽃이 작고 향기도 거의 없다. 당연히 곤충들의 발걸음이 뜸할 수밖에. 그것은 그들의 종족번식에 치명적이다. 그래 생각해 낸 것이 가짜 꽃이다. 그들은 금방 꽃이 필 듯 부풀어 있지만 꽃을 피우진 않는다. 진짜 꽃 시늉을 하면서 곤충들을 유혹할 뿐이다. 가짜 꽃은 진짜 꽃에 비해 압도적으로 수가 많고 색깔도 더 화려하다. 곤충들은 꽃이 많이 핀 줄 알고 왔다가 수분만 시켜주고 돌아간다. 그러나 곤충들도 번번이 속지는 않는다. 여뀌는 약간의 꿀을 내어줌으로써 벌의 길품을 치른다. 생존을 위한 합리적인 원원이다.

꽃말은 학업의 마침. 일찌감치 삶의 비법을 터득했기에 더 이상의 학습은 필요치 않다는 의미일까. 끊임없이 배우면서도 진정한 원원을 이루지 못하는 인간들. 여뀌에게 한 수 가르침을 받아야 하는 게 아닌지.

방가지똥

고들빼기인 줄 알고 신이 나서 캤는데 알고 보니 방가지똥이란다. 겉보기엔 잎이며 뿌리가 영락없는 고들빼기 모양새다. 국화과의 식물들 중에 민들레, 고들빼기, 씀바귀, 뗙쇠채, 뽀리뱅이, 사데풀, 방가지똥은 생김새가 비슷하다. 꽃 피는 시기는 물론 색깔도 노랑 일색이다. 그들의 닮은꼴은 유사종의 다른 꽃들에 섞여 자기 종족을 지켜보겠다는 일종의 담합인지도 모른다. 같은 색끼리의 교묘한 은폐, 상생을 위한 고도의 전략이다.

그런데 어찌하여 방가지똥일까? 유래를 알아보니 줄기에서 나오는 하얀 진액 때문에 붙여진 이름이다. 진액이 똥이라니, 식물의 똥은 인간의 그것처럼 오물 개념이 아닌 모양이다. 내가 본 방가지똥의 특징은 인삼처럼 생긴 뿌리였다. 나라면 아마도 얼른 눈에 띄는 특징을 살려 지었을 것 같다. 하긴 시선은 제각각일 터, 본질적인 차이에 따른 구별도 필요할 것이다. 식물 자체의 특징에 따라 지은 이름도 있지만 입에서 입으로 전해지며 정착된 이름들 중에는 며느리밑씻개나 사위질빵같이 우리네 정서와 관련된 해학적이고 친근한 것들도 많다.

꽃말은 정情. 무엇에 근거를 둔 것일까. 외양만으로는 전혀 단서를 찾을 수가 없다. 어른들 말씀이 방가지똥은 소나 돼지가 좋아해서 사료로 많이 사용한단다. 이름의 수더분한 이미지와 함께 인심 좋은 이웃 아낙의 정을 연상할 법도 하다. 그럼에도 부박한 이미지의 이름 때문에 갖는 선입견은 당사자로선 좀 억울한 일이 아닐 수 없겠다. 볼품으로는 고들빼기에 손색이 없는데 이름에 따라 대우가 달라지니 말이다. 하기야 이 또한 세상의 잣대일 뿐, 그들은 인간이 만든 경계 밖에서 제 흥대로 피고 진다.

고마리

야생초 꽃 중 어떤 꽃이 제일 예쁘냐고 묻는다면 그보다 곤란한 질문은 없을 듯싶다. 동시에 여러 꽃들이 떠오르는 데다 우열을 가릴 수 없을 정도로 모두 예쁘기 때문이다. 그중에 고마리는 빼어난 꽃빛과 함께 인간에게 덕을 끼치는 야생초다. 버려진 땅 시궁창에서 한 여름 장마에도 씻겨 내려가지 않는 독기를 빨아먹고 피는 꽃. 인간의 탐욕으로 병든 하천에 생기를 불어 넣으며 묵묵히 피고 지는 고마운 풀이라 해서 고마리다. 디딘 땅이 척박할수록 번성해서 이제 고만, 하다 고만이라고도 불린다. 그들의 존재는 건강한 자연의 지표가 된다. 그들이 하천에서 사라지는 날, 지구는 더 이상 인간의 집이 될 수 없을지도 모른다.

꽃말은 꿀의 원천. 쓴 물을 먹고 단물을 내는 꽃. 우리가 그들을 살리는 게 아니라 그들이 우리를 살리고 있다. 고마리의 한 생이 던져주는 화두가 능히 만물의 영장인 사람을 부끄럽게 할만하다.

상생

밟히고 꺾이는 운명 속에서도 야생초의 생존 의지는 굳세다. 저마다 고유의 향기가 있고, 피고 지는 모양새나 쓸모 또한 각각이다. 그들의 담합은 자연의 질서를 깨뜨리지 않는 범위 안에서 이루어진다. 자기 삶에 치열하되 상생의 원칙을 범하지 않는다. 다양성을 인정하는 상생의 지혜로 공진화共進化를 가능하게 하는 것이다. 그들처럼 자연을 지배의 대상이 아니라 상생의 동반자로 보는 것, 그 속에 더불어 사는 인류의 건강한 미래가 있다고 믿는다면 너무 낭만적인가?

길에서 길을 묻다

햇발에 등이 밀렸나보다. 걷다 보니 들길이다. 얼었다 녹은 길이 질척해서 불편하지만 걷기 좋게 온화한 날씨다. 원래 인적이 드문 곳이지만 겨울엔 더 한적하다. 산이 인접해 있어서인지 가끔 고라니가 나타날 때도 있다. 제풀에 놀라 뛰어 달아나는 걸 보면 녀석도 어지간히 겁이 많은 모양이다.

갈대와 부들이 우거진 늪지 쪽은 한 번도 가보지 않은 곳이다. 오늘은 그쪽으로 방향을 잡는다. 언젠가는 가 보리라 마음에 두었던 길이다. 방향만 바꾸면 되는 일을 벼르기만 했다. 딱히 이유가 있었던 것도 아니다. 낯선 길에 대한 소심증에다 말뚝처럼 깊이 박힌 관성 탓이다. 누군가 닦아 놓은 길에는 찬탄을 보내면서도 정작 내가 길이 되어야 한다는 생각은 하지 않는다. 그런 까닭에 내 인생 길 대부분은 미개척 상태다. 변화의 즐거움은 원하면서도 변화를 위한 희생은 달갑지 않았던 것일까.

사람의 발길이 드문 논틀길의 흙은 물렁하다. 진흙이 자꾸 신발에 묻어 올라와서 걸음이 무겁다. 길 폭이 한 자도 되지 않으니 자칫 미끄러지기 십상이다. 조심스럽게 색시걸음을 떼고 있는데 갑자기 푸드덕거리는 소리가 들린다. 날카로운 목청과 함께 갈대숲에서 솟구치듯 날아오르는 새 한 마리. 긴 꼬리에 목덜미의 깃털 색이 화려한 걸 보니 장끼다. 몇 초 간격으로 또 한 마리의 꿩이 수꿩을 따라 같은 방향으로 날아간다. 불청객의 방문에 항의라도 하듯 녀석들의 목청이 카랑카랑하다.

나도 모르게 심장 박동이 빨라져 있다. 발에 꾹꾹 힘을 주어 걸으면서 콩닥거리는 가슴을 다독인다. 나를 지켜보고 있을 녀석들의 불온한 시선을 의식하면서 서둘러 늪지를 벗어난다. 마을길로 들어설 때쯤 깃을 치는 소리와 함께 다시 꿩의 울음소리가 들려온다. 경계주의보 해제, 녀석들은 그렇게 가슴을 쓸어내리며 보금자리로 돌아가고 있으리라.

생각 없이 걷는다. 걸을 때 뇌는 단순해지고 호흡은 오로지 두 다리의 움직임에 집중되어 있다. 경직되었던 근육들이 깨어나고 노회한 신경 줄에 활기가 돈다. 숨이 더워진다. 길은 어느 집 마당을 지나 들길로 그리고 다시 산길로 이어진다. 사람의 기척은 없고 개만 짖는다. 늙은 개의 목청이 동굴 속의 울림처럼 깊다. 때로 혼자 걷는 길엔 짐승의 기척도 위안이 된다.

등성이에 올라서니 너른 잔디밭 입구에 잘생긴 소나무가 문지기처럼 서 있다. 언젠가 한 번은 올라볼 거라고 벼르던 곳이다. 목초지인 줄 알았는데 판매를 목적으로 키운 잔디밭이다. 멀리서 보면 그냥 민둥산 같다. 거칠 것 없는 능선 너머로 생채기 없이 지는 해를 바라보는 일은 더없이 평화롭다. 마을이 한눈에 내려다보이고 내가 걸어온 길도 보인다. 목적지에 이르는 가장 가까운 길도 보인다. 지나고 나서야 보이는 건 인생살이나 길이나 마찬가지인가.

이 길에 대해 내가 가지고 있던 그리움의 정체는 무엇일까? 단지 고즈넉한 풍경이 안겨준 감상만은 아닐 것이다. 가보지 않은 길에 대한 갈망, 그 갈망이 잉태한 막연한 환상은 아닐까. 바라만 보는 대상은 허기가 진다. 그러나 실체는 허기를 해소시켜 주는 동시에 환상을 거두어간다. 목적지에 도착해서 바라보는 실체는 평범하고 건조하다. 가지 않은 길에 대한 환상 또한 그럴지 모른다. 대상에 대한 아름다움을 유지할 수 있는 최적의 거리. 풍경이든 사람이든 그 거리는 필요한 모양이다.

돌아갈 길을 눈으로 더듬는다. 길은 여러 갈래다. 어느 길로 가든 별 차이 없이 나는 집에 도착하게 될 것이다. 결과적으로 보면 주어진 대로 사는 것과 선택해서 사는 것의 차이는 그렇게 크지 않을지

모른다. 그러나 왔던 길로는 가고 싶지 않다. 굳이 에둘러 가는 소롯
길로 들어선다. 마음 내켜 가는 길이야말로 질러가는 길이 아니랴.
하마 동짓달 짧은 해가 기울고 있다.

노혜숙 수필집

생생, 기억을 내다

인 쇄 / 2013년 4월 05일
발 행 / 2013년 4월 10일

지 은 이 / 노 혜 숙
발 행 인 / 서 정 환
발 행 처 / 수필과비평사

출판등록 / 1984년 8월 17일 제28호
주 소 / 서울시 종로구 삼일대로 32길 36
　　　　(익선동 30-6 운현신화타워 빌딩) 301호
전 화 / (02) 3675-5633, (063) 275-4000
팩 스 / (063) 274-3131
E - mail / essay321@hanmail.net

값 12,000원

ISBN 978-89-98524-38-8   03810

※ 저자와 협의, 인지는 생략합니다.
※ 잘못된 책은 바꿔 드립니다.

* 이 책은 인천문화재단 일반공모지원사업으로 지원받아 발간했습니다.